中国散文60强

耕堂犁歌

孙 犁 / 著

张 璇 张 帆 / 编

北京联合出版公司
Beijing United Publishing Co.,Ltd.

图书在版编目（CIP）数据

耕堂犁歌 / 孙犁著；张璇，张帆主编. -- 北京：
北京联合出版公司，2024. 8. --（中国散文60强）.
ISBN 978-7-5596-7795-2

Ⅰ．I267

中国国家版本馆CIP数据核字第20247VH168号

耕堂犁歌

| 作　　者：孙　犁
| 编　　选：张　璇　张　帆
| 出 品 人：赵红仕
| 出版监制：张晓冬
| 责任编辑：周　杨
| 特约编辑：和庚方　张　颖
| 封面设计：立丰天

北京联合出版公司出版
（北京市西城区德外大街83号楼9层　100088）
三河市同力彩印有限公司印刷　新华书店经销
字数150千字　650毫米×920毫米　1/16　14印张
2024年8月第1版　2024年8月第1次印刷
ISBN 978-7-5596-7795-2
定价：65.00元

版权所有，侵权必究
未经书面许可，不得以任何方式转载、复制、翻印本书部分或全部内容。
本书若有质量问题，请与本公司图书销售中心联系调换。
电话：17710717619

"中国散文60强"丛书

编委会

丛书总策划
  张　明 著名出版人

编委主任
  邱华栋 全国政协常委
       中国作家协会副主席、书记处书记

编　委
  叶　梅 中国散文学会会长
  陆春祥 中国散文学会副会长
  冯秋子 中国作家协会原社联部副主任
  吴佳骏 《红岩》编辑部主任
  张　英 资深媒体人
  文　欢 作家、资深编辑

中华散文的文脉与发展

——"中国散文60强"总序

邱华栋

中国是诗的国度，亦是散文的国度。

穿越千年时空，从明清至唐宋，再由魏晋南北朝至两汉先秦一路回溯，汉语言文学中的散文实乃根深叶茂，硕果累累。无论是"唐宋八大家"之雄文美文，还是骈俪多姿的辞赋，以及名垂史册的《史记》《左传》，均为中国文学史上的璀璨明珠。"散文"与"诗"一道，成为中国文学的"嫡系"。尽管，后来从西方引进嫁接技术所催生的"小说"，大有"喧宾夺主"之势，终究还得"认祖归宗"，血脉和基因是无法改变的。

在中国散文流变历程中，曾出现过两次鼎盛期。一次是被文学史家所公认的"先秦散文"时期。其时，伴随着春秋时期的思想解放，诸子蜂起，百家争鸣，一大批散文家以饱满的气血、驳杂的学识和破茧的精神，创造出了散文的繁荣和辉煌局面，对后世产生了极大的影响。

到了"五四"时期，中国散文迎来了第二次鼎盛期。白话文如劲风激浪，吹刮和涤荡着神州大地。沉睡的雄狮醒来了，偃卧的小草开始歌唱。许多学贯中西的进步文人，肩扛文化变革的大纛，冲锋陷阵，掀起了一波又一波的新文学浪潮。《新青年》上刊载的散文，犹如一束束亮光，不但给人以希望，还给人以力量。"五四"以来的散文作品，无论是观念和主题，还是形式和风格，都跟以往的散文迥然不同。最具代表性的，当属鲁迅先生的散文（包括杂文），其刚健、凌厉的文质，疗救了中国散文长久以来颓靡不振、钙质疏流的顽疾。此外，周作人、郁达夫、朱自清、萧红、沈从文等一大批作家的散文创作亦各具特色，呈一时之盛，影响深远。

时代的前行催生了文学的发展，然而文学与时代有时并不同步甚至充满了"张力场"。"五四"的个性解放虽然催生了一批个性鲜明的散文精品，但这样的生态并未持续多久，中国散文的波峰出现了向低谷滑行的趋势。有论者指出，"散文在50年代既是对解放区散文文体意识的放大，又是对五四散文文体精神的进一步偏离。这种放大和偏离表现在个体性情的抒发让位于时代共性或者时代精神的谱写，政治标准优先于艺术标准，批判性为歌颂性所取代等诸方面。"（董健、丁帆、王彬彬《中国当代文学史新稿》）1960年代初，散文创作一度出现了活跃，"专业"从事散文创作的作家群凸显出来，刘白羽、杨朔、秦牧相继登场，迅速成为散文界的三位名家。但他们的作品后人评价褒贬不一，认为其中颂歌式的写法较为单向，这种模式化的写作，不但对散文的建设毫无益处，反而扼杀了散文的个性和神采。

"文革"十年，中国散文更是一片凋零和荒芜，乏善可陈。1970年代末，一些历经浩劫的作家开始复血，解除思想枷锁，重新拿起笔来写作，中国散文才又凤凰涅槃，焕发生机。加之各种文学刊物纷纷复刊和创刊，以及大量西方文化读物的译介出版，更为这些饥渴、桎梏太久的散文作者提供了登台亮相的舞台和瞭望世界的窗口。

1980年代初期，伴随改革开放的热潮，思想解放大旗招展，文化随之繁荣，诸多承续"五四"精神的作家以笔为旗，抒发胸中压抑既久之块垒，出现了一批抒情性质浓郁的散文，使得现代散文这块"百花园"芳菲争艳，蔚为大观。特别是1980年代中期，随着作家主体意识的不断强化，中国文学开始呈现出一个崭新局面，作家从"集体意识"中抽身而出，重新返回"个体"，注重对生活的体察和内在情感的表达。这一时期，散文的艺术性得以强化，文本的精神内涵和表现空间得以拓展。

进入1990年代，社会发展日新月异，城镇化进程锐不可当，文化领域亦呈多元格局。各种文学思潮相互碰撞，人文精神的讨论更是打开了作家们的创作思路。"大散文"概念的提出，引发了散文界对散文的内涵和外延的重新讨论和界定。风靡一时的"文化散文"热，成为文坛上一道靓丽的风景。"新散文""原散文""后散文""在场散文"等散文流派"你方唱罢我登场"，争奇斗艳，各领风骚。

及至二十世纪末，一批深具先锋意识和文体自觉的新锐作家，像一头公牛闯入瓷器店，使散文天地发生了激烈的碰撞和变化，形成一股新的散文潮流，提升了散文的审美品质和精神向度。

纵观1978年至2023年四十多年来，中华大地在"改开"的黄金时代中，社会生活奔涌激荡，各种思潮风起云涌，散文创作更是云蒸霞蔚、气象万千，涌现了众多成就斐然、风格各异的散文作家和具有思想深度、艺术上乘的散文作品。岁月的流水冲走了枯枝败叶和闲花野草，中流砥柱却巍然屹立。时间留住了新时代的散文经典，经典在时间的长河中绽放光芒。以沙里淘金的经典散文向"改开"的时代致敬，是我们不可推卸的责任和义务。

别看散文的门槛貌似很低，要真正写好，却实属不易。优质散文是有难度的写作，它不但需要作者的智识、胸襟、眼界、修养和气度格局；更需要写作者的态度、立场、慈悲、良知和批判勇气。遗憾的是，散文创作繁荣和光鲜的另一面，却是大量平庸甚至低劣之作的泛滥，不但败坏了读者的胃口，而且造成了物质和精神的极大浪费。散文作家层出不穷，散文作品汗牛充栋，可真正能让人记住的散文佳构却凤毛麟角。

散文要发展，文学要前行。发展和前行就要从平庸的樊篱中突围。在突围的过程中，散文作家不可太"聪明"，不可太世故，要永存对文学的敬畏之心。一言以蔽之，散文的尊严来自散文作家的尊严。也可以说，要想散文繁荣，首先需要有一批人格健全，品德高尚，铁肩担道义的散文作家。什么样的人写什么样的文章。特别是写散文，最容易看出一个作家的内在品质和境界涵养。一个人格不健全的人，哪怕他作文的技法再高妙，也很难写出撼人心魄、抚慰灵魂的散文来。作家精神品质的高低，直接决定其作品的精神向度。

为了散文写作的突围和发展，为了建设独具特质的当代散文，也是为了更好地从经典散文中汲取营养，我认为有必要正视和重申一些常识性的思考。高头讲章的理论是灰色的，常识之树却葳蕤常青。

一、作家的个体精神决定散文的优劣。常言道，散文易学而难攻。难在什么地方，不是难在技巧，而是难在作家个体精神的淬炼上。倘若作家的个体精神不够丰富，不够深刻，不够清澈，纵使他手里握着一支生花妙笔，也写不出令人称赞的散文。那么，如何才能做到个体精神的丰富性呢，这就要求作家时时刻刻不背离生活，要知人情冷暖，体察人间百态，关心民瘼，有忧患意识，不要做生存的旁观者。一个冷漠甚至冷酷的人，是不适合从事散文创作的。

二、真诚是确保散文品质的基石。散文创作跟作家的生存经验息息相关，可以说，真正优质的散文，无不牵连着作家的血肉和心性。作家的喜怒哀乐，悲欢离合，都或隐或显地暗含在他的作品中。假如在一篇散文作品中，读者既看不到作者的体温，又看不到作者的态度，那这篇作品或许就是失败的。说明这个作者在他的作品中"说谎"或"造假"，缺乏真诚之心。作家一旦失去真诚，为文必定矫揉造作，作品也必定会失去生命力。因此，真诚是散文的"生命线"，也是"底线"。

三、个性是促进散文生长的养料。人无个性便无趣，文无个性便平质。当下，每年都会诞生数以万计的散文篇章，但能够让人记住，且读后还想读的作品并不多，何故？概在于这些数量庞大的散文，无论题材，还是语感都千篇一律，像是从"模具"中生产出来的，缺乏辨识度。散文要发展，必须要求作家具有"个性意识"。"个性意识"不是标新立异，更不是哗众取宠，而是一种"创新意识"和"审美意识"。但凡在散文创作方面被公认的那些大家，都是"文体家"，他们以自觉的写作实践，开创了散文写作的新路径。不合流俗方能独步致远，推动散文的建设和繁荣。

当然，以上几点并非创作散文的圭臬，谁也没有资格去为散文"立法"。

散文是自由的创造，散文精神即自由精神。我之所以提出来，仅仅是希望引起散文同行们的重视和参考，共同为中国当代散文的发展尽力增光。

我们策划、编选"中国散文60强"（1978—2023）的初衷，旨在对新时期以来的中国散文创作作出梳理、评价和选择，试图精选出风格各异的代表性散文作家，以每位一部单行本的形式，呈现出中国新时期优质散文的大体样貌。此项目的发起人为资深出版人张明先生。多年来，他一直追求做高品位的纯文学书籍，也曾连续多年与中国散文学会、中国小说学会合作，出版年度《中国散文排行榜》和年度《中国小说排行榜》。2023年他策划出版了《中国小说100强》，反响不俗。身处喧嚣、纷杂的环境，能以如此情怀和心力来为文学做如此浩大的工程，不能不令人钦佩！

感谢张明先生邀请我和叶梅、冯秋子、陆春祥、吴佳骏、张英、文欢组成编委会，共同遴选出60位作家。我们在召开筹备会的时候，即将作品的思想性、艺术性、代表性以及影响力作为编选的基本原则。在确定入选作家名单时，我们认真商讨，反复研究，生怕因为各自的眼力、审美和趣味之别，造成遗珠之憾。好在我们的工作得到了作家们的积极回应和鼎力支持，惠风和畅，大地丰饶。

60位入选的作家，既有令人尊敬的文学大家，如孙犁、张中行、汪曾祺、史铁生、邵燕祥、流沙河、刘烨园、宗璞、贾平凹、韩少功、张炜、梁晓声、阿来、冯骥才等。这批散文大家的作品，文风质朴、清朗、刚健，充满了"智性"和"诗性"。无论他们是写怀人之作，还是针砭时弊，歌咏风物，都有着鲜明的文化立场和审美取向。他们或出入历史，借古观今；或提炼人生，洞明世事，输送给读者的都是难能可贵的"精神营养"。

也有被散文界公认的名家，如李敬泽、王充闾、马丽华、周涛、冯秋子、叶梅、筱敏、张锐锋、周晓枫、于坚、鲍尔吉·原野等。这些作家的散文作品，特色鲜明，风格独特，诚挚内敛，从内容到形式，都作出了各自的探索和尝试，为当代散文注入了活力。从他们的作品中，我们不但能够领略汉语之美，更可以借此反观生活与存在，寻找人之为人的价值和尊严。

还有散文界的中坚力量和青年才俊，如彭程、谢宗玉、江子、雷平阳、任林举、塞壬、沈念、傅菲、吴佳骏、周华诚等。从他们的作品中，我们见到的，不只是中国散文的文脉传承，更是自由精神的张扬。他们文心雅正，笔力锋锐，不跟风，不盲从，始终保持着独立的思索和判断，在各自所开辟的散文园地中精耕细作，以崭新的姿态参与和推动当代散文的变革。

其实，细心的读者不难发现，入选本丛书的老、中、青三代作家都有个共性，即他们均以自己的作品审视心灵，心系苍生，弘扬真善美，鞭挞假恶丑，充满了正义感和人道主义精神。这自然与时下众多书写风花雪月，一己悲欢，充塞小情趣、小可爱的散文区别开来。正是因为有他们的存在，中国当代散文才呈现出一幅绚丽多姿的长卷。

需要说明的是，有些重要的散文家，如张承志、余秋雨、王小波、苇岸、刘亮程、李娟等人，由于版权或其他不可抗原因，未能将他们的作品收录进来，我们深以为憾。

我们还要感谢北京立丰天文化传播有限公司的资金支持，感谢北京联合出版公司的精心编校，他们慷慨和无私的义举，对于繁荣中国当代散文创作、对于赓续中华优秀散文文脉、对于中国新时期的文化积累，均具重大价值和意义，可谓善莫大焉。这套丛书的出版意义将同《中国小说100强》一样，旨在给读者以经典的指引，这既是一项重要的原创文学工程，同时也是助力推动全民阅读和研究传播文化的公益工程。

郁郁乎文哉，中国散文有幸！

是为序。

2024 年 5 月 12 日星期日

（作者为全国政协常委，中国作协副主席、书记处书记）

目录 Contents

辑一　故乡炊烟

002　｜　童年漫忆

007　｜　度春荒

009　｜　鸡　叫

012　｜　母亲的记忆

014　｜　父亲的记忆

017　｜　报纸的故事

021　｜　亡人逸事

026　｜　大　根

029　｜　乡里旧闻（十则）

辑二　岁月留痕

058　|　识字班

064　|　平原的觉醒

069　|　采蒲台的苇

071　|　第一次当记者

076　|　一别十年同口镇

079　|　在阜平

084　|　保定旧事

091　|　猫鼠的故事

094　|　服装的故事

098　|　钢笔的故事

101　|　黄　鹂

105　|　石　子

109　|　烈士陵园

113　|　看电视

116　|　楼居随笔

辑三　陋巷晚华

122　|　芸斋梦余

126 | 文字生涯

131 | 书的梦

137 | 画的梦

141 | 戏的梦

150 | 万里和万卷

152 | 近作散文的后记

155 | 散文的感发与含蓄

157 | 《贾平凹散文集》序

160 | 芸斋琐谈

174 | 文林谈屑

189 | 谈作家素质

197 | 致铁凝信

200 | 《红楼梦》杂说

203 | 读萧红作品记

208 | 《尺泽集》后记

辑一　故乡炊烟

童年漫忆

听说书

我的故乡的原始住户,据说是山西的移民,我幼小的时候,曾在去过山西的人家,见过那个移民旧址的照片,上面有一株老槐树,这就是我们祖先最早的住处。

我的家乡离山西省是很远的,但在我们那一条街上,就有好几户人家,以长年去山西做小生意,维持一家人的生活,而且一直传下好几辈。他们多是挑货郎担,春节也不回家,因为那正是生意兴隆的季节。他们回到家来,我记得常常是在夏秋忙季。他们到家以后,就到地里干活,总是叫他们的女人,挨户送一些小玩意儿或是蚕豆给孩子们,所以我的印象很深。

其中有一个人,我叫他德胜大伯,那时他有四十岁上下。每年回来,如果是夏秋之间农活稍闲的时候,我们一条街上的人,吃过晚饭,坐在碾盘旁边去乘凉。一家大梢门两旁,有两个柳木门墩,德胜大伯常常被人们推请坐在一个门墩上面,给人们讲说评书;另一个门墩上,照例是坐一位年纪大辈分高的人,和他对称。我记得他在这里讲过《七侠五义》等故事，他讲得真好，就像一个专业艺人一样。

他并不识字，这我是记得很清楚的。他常年在外，他家的大娘，因为身材高，我们都叫她"大个儿大妈"。她每天挎着一个大柳条篮子，敲着小铜锣卖烧饼馃子。德胜大伯回来，有时帮她记记账。他把高粱的茎秆，截成笔帽那么长，用绳穿结起来，横挂在炕头的墙壁上，这就叫"账码"，谁赊多少谁还多少，他就站在炕上，用手推拨那些茎秆儿，很有些结绳而治的味道。

他对评书记得很清楚，讲得也很熟练，我想他也不是花钱到娱乐场所听来的。他在山西做生意，常年住在小旅店里，同住的人，干什么的都有，夜晚没事，也许就请会说评书的人，免费说两段，为常年旅行在外的人们消愁解闷，日子长了，他就记住了全部。

他可能也说过一些山西人的风俗习惯，因为我年岁小，对这些没兴趣，都忘记了。

德胜大伯在做小买卖途中，遇到瘟疫，死在外地的荒村小店里。他留下一个独生子叫铁锤。前几年，我回家乡，见到铁锤，一家人住在高爽的新房里，屋里陈设，在全村也是最讲究的。他心灵手巧，能做木工，并且能在玻璃片上画花鸟和山水，大受远近要结婚的青年农民的欢迎。他在公社担任会计，算法精通。

德胜大伯说的是评书，也叫平话，就是只凭演说，不加伴奏。在乡村，麦秋过后，还常有职业性的说书人，来到街头。其实，他们也多半是业余的，或是半职业性的。他们说唱完了以后，有的由经管人给他们敛些新打下的粮食；有的是自己兼做小买卖，比如卖针，在他说唱中间，由一个管事人，在妇女群中，给他卖完那一部分针就是了。这一种人，多是说快书，即不用弦子，只用鼓板。骑着一辆自行车，车后座做鼓架。他们不说整本，只说小段。卖完针，就又到别的村庄去了。

一年秋后,村里来了弟兄三个人,推着一车羊毛,说是会说书,兼有擀毡条的手艺。第一天晚上,就在街头说了起来,老大弹弦,老二说《呼家将》,真正的西河大鼓,韵调很好。村里一些老年的书迷,大为赞赏。第二天就去给他们张罗生意,挨家挨户去动员:擀毡条。

他们在村里住了三四个月,每天夜晚说《呼家将》。冬天天冷,就把书场移到一家茶馆的大房子里。有时老二回老家运羊毛,就由老三代说,但人们对他的评价不高,另外,他也不会说《呼家将》。

眼看就要过年了,呼延庆的擂还没打成。每天晚上预告,明天就可以打擂了,第二天晚上,书中又出了岔子,还是打不成。人们盼呀,盼呀,大人孩子都在盼。村里娶儿聘妇要擀毡条的主儿,也差不多都擀了,几个老书迷,还在四处动员:

"擀一条吧,冬天铺在炕上多暖和呀!再说,你不擀毡条,呼延庆也打不了擂呀!"

直到腊月二十老几,弟兄三个看着这村里实在也没有生意可做了,才结束了《呼家将》。他们这部长篇,如果整理出版,我想一定也有两块大砖头那么厚吧。

第一个借给我《红楼梦》的人

我第一次读《红楼梦》,是十岁左右还在村里上小学的时候。我先在西头刘家,借到一部《封神演义》,读完了,又到东头刘家借了这部书。东西头刘家都是以屠宰为业,是一姓一家。刘姓在我们村里是仅次于我们姓的大户,其实也不过七八家,因为这是一个很小的村庄。从我能记忆起,我们村里有书的人家几乎没有。刘家能有一些书,是因为他们所经营的近似一种商业。农民读书的很少，更不愿花钱去买这些"闲书"。那时，我只能在庙会上看到书，书摊小贩支架上几块木板，摆上一些石印的，花纸或花布套的，字体非常细小，纸张非常粗黑的《三字经》《玉匣记》，唱本、小说。这些书可以说是最普及的廉价本子，但要买一部小说，恐怕也要花费一两天的食用之需。因此，我的家境虽然富裕一些，也不能随便购买。我那时上学念的课本，有的还是母亲求人抄写的。东头刘家有兄弟四人，三个在少年时期就被生活所迫，下了关东。其中老二一直没有回过家，生死存亡不知。老三回过一次家，还是不能生活，只在家过了一个年，就又走了，听说他在关东，从事的是一种非常危险的勾当。家里只留下老大，他娶了一房童养媳妇，算是成了家。他的女人个儿不高，但长得颇为端正俊俏，又喜欢说笑，人缘很好，家里长年设着一个小牌局，抽些油头，补助家用。男的还是从事屠宰，但已经买不起大牲口，只能剥个山羊什么的。老四在将近中年时，从关东回来了，但什么也没有带回来。这人长得高高的个子，穿着黑布长衫，走起路来，"蛇摇担晃"。他这种走路的姿势，常常引起家长们对孩子的告诫，说这种走法没有根底，所以他会吃不上饭。他叫四喜，论乡亲辈，我叫他四喜叔。我对他的印象很好。他从东头到西头，扬长地走在大街上，说句笑话儿，惹得他那些嫂子辈的人，骂他"贼兔子"，他就越发高兴起来。他对孩子们尤其和气。有时，坐在他家那旷荡的院子里，拉着板胡，唱一段清扬悦耳的梆子，我们听起来很是入迷。他知道我好看书，就把他的一部《金玉缘》借给了我。哥哥嫂子，当然对他并不欢迎，在家里，他已经无事可为，每逢集市，他就挟上他那把锋利明亮的切肉刀，去帮人家卖肉。他站在肉车子旁边，那把刀，在他手中熟练而敏捷地摇动着，那煮熟的牛肉、马肉或是驴肉，切出来是那样薄，就像木匠手下的刨花一样，飞起来并且有规律地落在那圆形的厚而又大的肉案边缘，这样，他在给顾客装进烧饼的时候，既出色又非常方便。他是远近知名的"飞刀刘四"。现在是英雄落魄，暂时又有用武之地。在他从事这种工作的时候，你可以看到，他高大的身材，在一层层顾客的包围下，顾盼神飞，谈笑自若。可以想到，如果一个人，能永远在这样一种状态中存在，岂不是很有意义，也很光荣？等到集市散了，天也渐渐晚了，主人请他到饭铺吃一顿饱饭，还喝了一些酒。他就又挟着他那把刀回家去。集市离我们村只有三里路。在路上，他有些醉了，走起来，摇晃得更厉害了。对面来了一辆自行车。他忽然对着人家喊："下来！""下来干什么？"骑自行车的人，认得他。"把车子给我！""给你干什么？""不给，我砍了你！"他把刀一扬。骑车子的人回头就走，绕了一个圈子，到集市上的派出所报了案。他若无其事地回到家里，也许把路上的事忘记了。当晚睡得很香甜。第二天早晨，就被捉到县城里去了。那时正是冬季，农村很动乱，每天夜里，绑票的枪声，就像大年五更的鞭炮。专员正责成县长加强治安，县长不分青红皂白，就把他枪毙，作为成绩向上级报告了。他家里的人没有去营救，也不去收尸。一个人就这样完结了。他那部《金玉缘》，当然也就没有了下落。看起来，是生活决定着他的命运，而不是书。而在我的童年时代，是和小小的书本一起，痛苦地感受到了严酷的生活本身。

1978 年春天

度春荒

我的家乡，邻近一条大河，树木很少，经常旱涝不收。在我幼年时，每年春季，粮食很缺，普通人家都要吃野菜树叶。春天，最早出土的，是一种名叫老鸹锦的野菜，孩子们带着一把小刀，提着小篮，成群结队到野外去，寻觅剜取像铜钱大小的这种野菜的幼苗。

这种野菜，回家用开水一泼，掺上糠面蒸食，很有韧性。

与此同时出土的是锯锯菜，就是那种有很白嫩的根，带一点苦味的野菜。但是这种菜，不能当粮食吃。

以后，田野里的生机多了，野菜的品种，也就多了。有黄须菜，有扫帚苗，都可以吃。春天的麦苗，也可以救急，这是要到人家地里去偷来。

到树叶发芽，孩子们就脱光了脚，在手心吐些唾沫，上到树上去。榆叶和榆钱，是最好的菜。柳芽也很好。在大荒之年，我吃过杨花。就是大叶杨春天抽出的那种穗子一样的花。这种东西，是不得已而吃之，并且很费事，要用水浸好几遍，再上锅蒸，味道是很难闻的。

在春天，田野里跑着无数的孩子，是为饥饿驱使，也为新的生机驱使。他们漫天漫野地跑着，寻视着，欢笑并打闹，追赶和竞争。

春风吹来，大地苏醒，河水解冻，万物孳生，土地是松软的，把孩子们的脚埋进去，他们仍然欢乐地跑着，并不感到跋涉。

清晨，还有露水，还有霜雪，小手冻得通红，但不久，太阳出来，就感到很暖和，男孩子们都脱去了上衣。

为衣食奔波，而不大感到愁苦，只有童年。

我的童年，虽然也常有兵荒马乱，究竟还没有遇见大灾荒，像我后来从历史书上知道的那样。这一带地方，在历史上，特别是新旧五代史上记载，人民的遭遇是异常悲惨的。因为战争，因为异族的侵略，因为灾荒，一连很多年，在书本上写着：人相食，析骨而焚，易子而食。

战争是大灾荒、大瘟疫的根源。饥饿可以使人疯狂，可以使人死亡，可以使人恢复兽性。曾国藩的日记里，有一页记的是太平天国战争时，安徽一带的人肉价目表。我们的民族，经历了比噩梦还可怕的年月！

日本帝国主义的侵略，以战养战，三光政策，是很野蛮很残酷的。但是因为共产党记取历史经验，重视农业生产，村里虽然有那么多青年人出去抗日，每年粮食的收成，还是能得到保证。党在这一时期，在农村实行合理负担的政策。地主富农，占有大部分土地，虽然对这种政策，心里有些不满，他们还是积极经营的。抗日期间，我曾住在一家地主家里，他家的大儿子对我说："你们在前方努力抗日，我们在后方努力碾米。"

在八年抗日战争中，我们成功地避免了"大兵之后，必有凶年"的可怕遭遇，保证了抗日战争的胜利。

鸡　叫

在这个大杂院里，总是有人养鸡。我可以设想：在我们进城以前，建筑这座宅院的主人吴鼎昌，不会想到养鸡；日本占领时期，驻在这里的特务机关，也不会想到养鸡。

其实，我们接收时，也没有想到养鸡。那时院里的亭台楼阁、山石花木，都保留得很好，每天清晨，传达室的老头，还认真地打扫。

养鸡，我记得是"大跃进"以后的事，那时机关已经不在这里办公，迁往新建的大楼，这里相应地改成了"十三级以上"的干部宿舍。这个特殊规定，只是维持了很短的时间，就被打破了，家属越住越多，人也越来越杂。

但开始养鸡的时候，人家还是不多的，确是一些"负责同志"。这些负责同志，都是来自农村，他们的家属，带来一套农村生活的习惯，养鸡当然是其中的一种。不过，当年养起鸡来，并非习惯使然，而是经济使然。"大跃进"，使一个鸡蛋涨价到一元人民币，人们都有些浮肿，需要营养，主妇们就想：养只母鸡，下个蛋吧！

我们家，那时也养鸡，没有喂的，冬天给它们剁白菜帮，春天就给它们煮蒜瓣——这是我那老伴的发明。

总之，养鸡在那一定的历史条件下，是权宜之计。不过终于流传下来了，欲禁不能。就像院里那些煤池子和各式各样的随便搭盖的小屋一样。

过去，每逢"五一"或是"十一"，就会有街道上的人，来禁止养鸡。有一次还很坚决，第一天来通知，有些人家还迟迟不动；第二天就带了刀来，当场宰掉，把死鸡扔在台阶上。这种果断的禁鸡方式，我也只见过这一回。

有鸡就有鸡叫。我现在老了，一个人睡在屋子里，又好失眠，夜里常常听到后边邻居家的鸡叫。人家的鸡养在什么地方，是什么毛色，我都没有留心过，但听这声音，是很熟悉的，很动人的。说白了，我很爱听鸡叫，尤其是夜间的鸡叫。我以为，在这昼夜喧嚣，人海如潮的大城市，能听到这种富有天籁情趣的声音，是难得的享受。

美中不足的是：这里的鸡叫，没有什么准头。这可能是灯光和噪音干扰了它。鸡是司晨的，晨鸡三唱。这三唱的顺序，应是下一点、下三点、下五点。鸡叫三遍，人们就该起床了。

我十二岁的时候，就在外地求学。每逢假期已满，学校开课之日，母亲总是听着窗外的鸡叫。鸡叫头遍，她就起来给我做饭，鸡叫二遍再把我叫醒。待我长大结婚以后，在外地教书做事，她就把这个差事交给了我的妻子。一直到我长期离开家乡，参加革命。

乡谚云：不图利名，不打早起。我在农村听到的鸡叫，是伴着晨星、伴着寒露、伴着严霜的。伴着父母妻子对我的期望，伴着我自身青春的奋发。

现在听到的鸡叫，只是唤起我对童年的回忆，对逝去的时光和亲人的思念。

彩云流散了,留在记忆里的,仍是彩云。莺歌远去了,留在耳边的还是莺歌。

1987 年 4 月 5 日清明节

母亲的记忆

母亲生了七个孩子，只养活了我一个。一年，农村闹瘟疫，一个月里，她死了三个孩子。爷爷对母亲说：

"心里想不开，人就会疯了。你出去和人们斗斗纸牌吧！"

后来，母亲就养成了春冬两闲和妇女们斗牌的习惯，并且常对家里人说：

"这是你爷爷吩咐下来的，你们不要管我。"

麦秋两季，母亲为地里的庄稼，像疯了似的劳动。她每天一听见鸡叫就到地里去，帮着收割、打场。每天很晚才回到家里来。她的身上都是土，头发上是柴草。蓝布衣裤汗湿得泛起一层白碱，她总是撩起褂子的大襟，抹去脸上的汗水。她的口号是："争秋夺麦！""养兵千日，用兵一时！"一家人谁也别想偷懒。

我生下来，就没有奶吃。母亲把馍馍晾干了，再粉碎煮成糊喂我。

我多病，每逢病了，夜间，母亲总是放一碗清水在窗台上，祷告过往的神灵。母亲对人说："我这个孩子，是不会孝顺的，因为他是我烧香还愿，从庙里求来的。"

家境小康以后，母亲对于村中的孤苦饥寒，尽力周济，对于过往的人，凡有求于她，无不热心相帮。有两个远村的尼姑，每年麦秋收成后，总到我们家化缘。母亲除给她们很多粮食外，还常留她们食宿。我记得有一个年轻的尼姑，长得眉清目秀。冬天住在我家，她怀揣一个蝈蝈葫芦，夜里叫得很好听，我很想要。第二天清早，母亲告诉她，小尼姑就把蝈蝈送给我了。

抗日战争时，村庄附近，敌人安上了炮楼。一年春天，我从远处回来，不敢到家里去，绕到村边的场院小屋里。母亲听说了，高兴得不知给孩子什么好。家里有一棵月季，父亲养了一春天，刚开了一朵大花，她折下就给我送去了。父亲很心疼，母亲笑着说："我说为什么这朵花，早也不开，晚也不开，今天忽然开了呢，因为我的儿子回来，它要先给我报个信儿！"

1956年，我在天津，得了大病，要到外地去疗养。那时母亲已经八十多岁，当我走出屋来，她站在廊子里，对我说：
"别人病了往家里走，你怎么病了往外走呢！"
这是我同母亲的永诀。我在外养病期间，母亲去世了，享年八十四岁。

1982年12月

父亲的记忆

父亲十六岁到安国县（原先叫祁州）学徒，是招赘在本村的一位姓吴的山西人介绍去的。这家店铺的字号叫永吉昌，东家是安国县北段村张姓。

店铺在城里石牌坊南。门前有一棵空心的老槐树。前院是柜房，后院是作坊——榨油和轧棉花。

我从十二岁到安国上学，就常常吃住在这里。每天掌灯以后，父亲坐在柜房的太师椅上，看着学徒们打算盘。管账的先生念着账本，人们跟着打，十来个算盘同时响，那声音是很整齐很清脆的。打了一通，学徒们报了结数，先生把数字记下来，说：去了。人们扫清算盘，又聚精会神地听着。

在这个时候，父亲总是坐在远离灯光的角落里，默默地抽着旱烟。

我后来听说，父亲也是先熬到先生这一席位，念了十几年账本，然后才当上了掌柜的。

夜晚，父亲睡在库房。那是放钱的地方，我很少进去，偶尔从撩起的门帘缝望进去，里面是很暗的。父亲就在这个地方，睡了廿几年，我是跟学徒们睡在一起的。

父亲是1937年，七七事变以后离开这家店铺的，那时兵荒马乱，东家也换了年轻一代人，不愿再经营这种传统的老式的买卖，要改营百货。父亲守旧，意见不合，等于是被辞退了。

父亲在那里，整整工作了四十年。每年回一次家，过一个正月十五。先是步行，后来骑驴，再后来是由叔父用牛车接送。我小的时候，常同父亲坐这个牛车。父亲很礼貌，总是在出城以后才上车，路过每个村庄，总是先下来，和街上的人打招呼，人们都称他为孙掌柜。

父亲好写字。那时学生意，一是练字，一是练算盘。学徒三年，一般的字就写得很可以了。人家都说父亲的字写得好，连母亲也这样说。他到天津做买卖时，买了一些旧字帖和破对联，拿回家来叫我临摹，父亲也很爱字画，也有一些收藏，都是很平常的作品。

抗战胜利后，我回到家里，看到父亲的身体很衰弱。这些年闹日本，父亲带着一家人，东逃西奔，饭食也跟不上。父亲在店铺中吃惯了，在家过日子，舍不得吃些好的，进入老年，身体就不行了。见我回来了，父亲很高兴。有一天晚上，一家人坐在炕上闲话，我絮絮叨叨地说我在外面受了多少苦，担了多少惊。父亲忽然不高兴起来，说："在家里，也不容易！"回到自己屋里，妻抱怨说："你应该先说爹这些年不容易！"

那时农村实行合理负担，富裕人家要买公债，又遇上荒年，父亲不愿卖地，地是他的性命所在，不能从他手里卖去分毫。他先是动员家里人卖去首饰、衣服、家具，然后又步行到安国县老东家那里，求讨来一批钱，支持过去。他以为这样做很合理，对我详细地描述了他那时的心情和境遇，我只能默默地听着。

父亲是1947年5月去世的。春播时，他去旁楼，出了汗，回来就发烧，一病不起。立增叔到河间，把我叫回来。我到地委机关，请来一位医生，医术和药物都不好，没有什么效果。

　　父亲去世以后，我才感到有了家庭负担。我旧的观念很重，想给父亲立个碑，至少安个墓志。我和一位搞美术的同志，到店子头去看了一次石料，还求陈肇同志给撰写了一篇很简短的碑文。不久就土地改革了，一切无从谈起。

　　父亲对我很慈爱，从来没有打骂过我。到保定上学，是父亲送去的。他很希望我能成材，后来虽然有些失望，也只是存在心里，没有当面斥责过我。在我教书时，父亲对我说："你能每年交我一个长工钱，我就满足了。"我连这一点也没有做到。

　　父亲对给他介绍工作的姓吴的老头，一直很尊敬。那老头后来过得很不如人，每逢我们家做些像样的饭食，父亲总是把他请来，让在正座。老头总是一边吃，一边用山西口音说："我吃太多呀，我吃太多呀！"

1984 年 4 月 27 日

上午寒流到来，夜雨泥浆。

报纸的故事

1935年的春季,我失业家居。在外面读书看报惯了,忽然想订一份报纸看看。这在当时确实近于一种幻想,因为我的村庄,非常小又非常偏僻,文化教育也很落后。例如村里虽然有一所小学校,历来就没有想到订一份报纸。村公所就更谈不上了。而且,我想要订的还不是一种小报,是想要订一份大报,当时有名的《大公报》。这种报纸,我们的县城,是否有人订阅,我不敢断言,但我敢说,我们这个区,即子文镇上是没人订阅过的。

我在北京住过,在保定学习过,都是看的《大公报》。现在我失业了,住在一个小村庄,我还想看这份报纸。我认为这是一份严肃的报纸,是一些有学问的、有事业心的、有责任感的人,编辑的报纸。至于当时也是北方出版的报纸,例如《益世报》《庸报》,都是不学无术的失意政客们办的,我是不屑一顾的。

我认为《大公报》上的文章好,它的社论是有名的,我在中学时,老师经常选来给我们当课文讲。通讯也好,有长江等人写的地方通讯,还有赵望云的风俗画。最吸引我的还是它的副刊,它有一个文艺副刊,是沈从文编辑的,经常登载青年作家的小说和散文。还有"小公园",还有艺术副刊。

说实在的,我是想在失业之时,给《大公报》投投稿,而投了稿子去,又看不到报纸,这是使人苦恼的。因此,我异想天开地想订一份《大公报》。

我首先,把这个意图和我结婚不久的妻子说了说。以下是我们的对话实录:

"我想订份报纸。"

"订那个干什么?"

"我在家里闲着很闷,想看看报。"

"你去订吧。"

"我没有钱。"

"要多少钱?"

"订一月,要三块钱。"

"啊!"

"你能不能借给我三块钱?"

"你花钱应该向咱爹去要,我哪里来的钱?"

谈话就这样中断了。这很难说是愉快还是不愉快,但是我不能再往下说了。因为我的自尊心,确实受了一点损伤。是啊,我失业在家里待着,这证明书就是已经白念了。白念了,就安心在家里种地过日子吧,还要订报。特别是最后这一句:"我哪里来的钱?"这对于作为男子汉大丈夫的我,确实是千钧之重的责难之词!

其实,我知道她还是有些钱的,作个最保守的估计,她可能有十五元钱。当然她这十五元钱,也是来之不易的,是在我们结婚的大喜之日,她的"拜钱"。每个长辈,赏给她一元钱,或者几毛钱,她都要拜三拜，叩三叩。你计算一下，十五元钱，她一共要起来跪下、跪下起来多少次啊。

她把这些钱，包在一个红布小包里，放在立柜顶上的陪嫁大箱里，箱子落了锁。每年春节闲暇的时候，她就取出来，在手里数一数，然后再包好放进去。

在妻子面前碰了钉子，我只好硬着头皮去向父亲要，父亲沉吟了一下说：

"订一份《小实报》不行吗？"

我对书籍、报章，欣赏的起点很高，向来是取法乎上的。《小实报》是北平出版的一种低级市民小报，属于我不屑一顾之类。我没有说话，就退出来了。

父亲还是爱子心切，晚上看见我，就说：

"愿意订就订一个月看看吧，集晌多粜一斗麦子也就是了。长了可订不起。"

在镇上集日那天，父亲给了我三块钱，我转手交给邮政代办所，汇到天津去。同时还寄去两篇稿子。我原以为报纸也像取信一样，要走三里路来自取的，过了不久，居然有一个专人，骑着自行车来给我送报了，这三块钱花得真是气派。他每隔三天，就骑着车子，从县城来到这个小村，然后又通过弯弯曲曲的，两旁都是黄土围墙的小胡同，送到我家那个堆满柴草农具的小院，把报纸交到我的手里。上下打量我两眼，就转身骑上车走了。

我坐在柴草上，读着报纸。先读社论，然后是通讯、地方版、国际版、副刊，甚至广告、行情，都一字不漏地读过以后，才珍重地把报纸叠好，放到屋里去。

我的妻子，好像是因为没有借给我钱，有些过意不去，对于报纸一事，从来也不闻不问。只有一次，带着略有嘲弄的神情，问道：

"有了吗？"

"有了什么？"

"你写的那个。"

"还没有。"我说。其实我知道，她从心里是断定不会有的。

直到一个月的报纸看完，我的稿子也没有登出来，证实了她的想法。

这一年夏天雨水大，我们住的屋子，结婚时裱糊过的顶棚、壁纸，都脱落了。别人家，都是到集上去买旧报纸，重新糊一下。那时日本侵略中国，"无微不至"，他们的旧报，如《朝日新闻》《读卖新闻》，都倾销到这偏僻的乡村来了。妻子和我商议，我们是不是也把屋子糊一下，就用我的那些报纸，她说：

"你已经看过好多遍了，老看还有什么意思？这样我们就可以省下块数来钱，你订报的钱，也算没有白花。"

我听她讲的很有道理，我们就开始裱糊房屋了，因为这是我们的幸福的窝巢呀。妻刷糨糊我糊墙。我把报纸按日期排列起来，把有社论和副刊的一面，糊在外面，把广告部分糊在顶棚上。

这样，在天气晴朗，或是下雨刮风不能出门的日子里，我就可以脱去鞋子，上到炕上，或仰或卧，或立或坐，重新阅读我所喜爱的文章了。

1982 年 2 月 9 日

亡人逸事

一

旧式婚姻,过去叫作"天作之合",是非常偶然的。据亡妻言,她十九岁那年,夏季一个下雨天,她父亲在临街的梢门洞里闲坐,从东面来了两个妇女,是以说媒为业的,被雨淋湿了衣服。她父亲认识其中的一个,就让她们到梢门下避避雨再走,随便问道:

"给谁家说亲去来?"

"东头崔家。"

"给哪村说的?"

"东辽城。崔家的姑娘不大般配,恐怕成不了。"

"男方是怎么个人家?"

媒人简单介绍了一下,就笑着问:

"你家二姑娘怎样?不愿意寻吧?"

"怎么不愿意。你们就去给说说吧,我也打听打听。"她父亲回答得很爽快。

就这样,经过媒人来回跑了几趟,亲事竟然说成了。结婚以后,她跟我学认字，我们的洞房喜联横批，就是"天作之合"四个字。她点头笑着说：

"真不假，什么事都是天定的。假如不是下雨，我就到不了你家里来！"

二

虽然是封建婚姻，第一次见面却是在结婚之前。订婚后，她们村里唱大戏，我正好放假在家里。她们村有我的一个远房姑姑，特意来叫我去看戏，说是可以相相媳妇。开戏的那天，我去了，姑姑在戏台下等我。她拉着我的手，走到一条长板凳跟前。板凳上，并排站着三个大姑娘，都穿得花枝招展，留着大辫子。姑姑叫着我的名字，说：

"你就在这里看吧，散了戏，我来叫你家去吃饭。"

姑姑的话还没有说完，我看见站在板凳中间的那个姑娘，用力盯了我一眼，从板凳上跳下来，走到照棚外面，钻进了一辆套车。那时姑娘们出来看戏，虽在本村，也是套车送到台下，然后再搬着带来的板凳，到照棚下面看戏的。

结婚以后，姑姑总是拿这件事和她开玩笑，她也总是说姑姑会出坏道儿。

她礼教观念很重。结婚已经好多年，有一次我路过她家，想叫她跟我一同回家去。她严肃地说：

"你明天叫车来接我吧，我不能这样跟着你走。"我只好一个人走了。

三

她在娘家，因为是小闺女，娇惯一些，从小只会做些针线活，没有下场下地劳动过。到了我们家，我母亲好下地劳动，尤其好打早起，麦秋两季，听见鸡叫，就叫起她来做饭。又没个钟表，有时饭做熟了，天还不亮。她颇以为苦。回到娘家，曾向她父亲哭诉。她父亲问：

"婆婆叫你早起，她也起来吗？"

"她比我起得更早。还说心疼我，让我多睡了会儿哩！"

"那你还哭什么呢？"

我母亲知道她没有力气，常对她说：

"人的力气是使出来的，要抻懒筋。"

有一天，母亲带她到场院去摘北瓜，摘了满满一大筐。母亲问她：

"试试，看你背得动吗？"

她弯下腰，挎好筐系猛一立，因为北瓜太重，把她弄了个后仰，沾了满身土，北瓜也滚了满地。她站起来哭了。母亲倒笑了，自己把北瓜一个个捡起来，背到家里去了。

我们那村庄，自古以来兴织布，她不会。后来孩子多了，穿衣困难，她就下决心学。

从纺线到织布，都学会了。我从外面回来，看到她两个大拇指，都因为推机杼，顶得变了形，又粗、又短，指甲也短了。

后来，因为闹日本，家境越来越不好，我又不在家，她带着孩子们下场下地。到了集日，自己去卖线卖布。有时和大女儿轮换着背上二斗高粱，走三里路，到集上去粜卖。从来没有对我叫过苦。

几个孩子，也都是她在战争的年月里，一手拉扯成人长大的。农村少医药，我们十二岁的长子，竟以盲肠炎不治死亡。每逢孩子发烧，她总是整夜抱着，来回在炕上走。在她生前，我曾对孩子们说：

"我对你们，没负什么责任。母亲把你们弄大，可不容易，你们应该记着。"

四

一位老朋友、老邻居，近几年来，屡次建议我写写"大嫂"。因为他觉得她待我太好，帮助太大了。老朋友说：

"她在生活上，对你的照顾，自不待言。在文字工作上的帮助，我看也不小。可以看出，你曾多次借用她的形象，写进你的小说。至于语言，你自己承认，她是你的第二源泉。当然，她瞑目之时，冰连地结，人事皆非，言念必不及此，别人也不会作此要求。但目前情况不同，文章一事，除重大题材外，也允许记些私事。你年事已高，如果仓促有所不讳，你不觉得是个遗憾吗？"

我唯唯，但一直拖延着没有写。这是因为，虽然我们结婚很早，但正像古人常说的：相聚之日少，分离之日多；欢乐之时少，相对愁叹之时多耳。我们的青春，在战争年代中抛掷了。以后，家庭及我，又多遭变故，直至最后她的死亡。我衰年多病，实在不愿再去回顾这些。但目前也出现一些异象：过去，青春两地，一别数年，求一梦而不可得。今老年孤处，四壁生寒，却几乎每晚梦见她，想摆脱也做不到。按照迷信的说法，这可能是地下相会之期，已经不远了。因此，选择一些不太使人感伤的断片，记述如上。已散见于其他文字中者，不再重复。

就是这样的文字，我也写不下去了。

我们结婚四十年，我有许多事情，对不起她，可以说她没有一件事情是对不起我的。在夫妻的情分上，我做得很差。正因为如此，她对我们之间的恩爱，记忆很深。我在北平当小职员时，曾经买过两丈花布，直接寄至她家。临终之前，她还向我提起这一件小事，问道：

"你那时为什么把布寄到我娘家去啊？"

我说：

"为的是叫你做衣服方便呀！"

她闭上眼睛，久病的脸上，展现了一丝幸福的笑容。

1982 年 2 月 12 日晚

大　根

岳父只有两个女儿，和我结婚的，是他的次女。到了五十岁，他与妻子商议，从本县河北一贫家，购置一妾，用洋三百元。当领取时，由长工用粪筐背着银圆，上覆柴草，岳父在后面跟着。到了女家，其父当场点数银圆，并一一当当敲击，以视有无假洋。数毕，将女儿领出，毫无悲痛之意。岳父恨其无情，从此不许此妾归省。有人传言，当初相看时，所见者为其姐，身高漂亮，此女则瘦小干枯，貌亦不扬。村人都说：岳父失去眼窝，上了媒人的当。

婚后，人很能干，不久即得一子，取名大根，大做满月，全家欢庆。第二胎，为一女孩，产时值夜晚，仓促间，岳父被墙角一斧伤了手掌，染破伤风，遂致不起。不久妾亦猝死，祸起突然，家亦中落。只留岳母带领两个孩子，我妻回忆：每当寒冬夜晚，岳母一手持灯，两个小孩拉着她的衣襟，像扑灯蛾似的，在那空荡荡的大屋子出出进进，实在悲惨。

大根稍大以后，就常在我家。那时，正是抗日时期，他们家离据点近,每天黎明,这个七八岁的孩子,牵着他喂养的一只山羊,就从他们村里出来到我们村,黄昏时再回去。

那时我在外面抗日。每逢逃难,我的老父带着一家老小,再加上大根和他那只山羊,慌慌张张,往河北一带逃去。在路上遇到本村一个卖烧饼的,父亲总是说:"把你那柜子给我,我都要了!"这样既可保证一家人不致挨饿,又可以作为掩护。

平时,大根跟着我家长工,学些农活。十几岁上,他就努筋拔力,耕种他家剩下的那几亩土地了。岳母早早给他娶了一个比他大几岁,很漂亮又很能干的媳妇,来帮他过日子。不久,岳母也去世了。小小年纪,十几年间,经历了三次大丧事。

大根很像他父亲,虽然没念什么书,却聪明有计算,能说,乐于给人帮忙和排解纠纷,在村里人缘很好。土改时,有人想算他家的旧账,但事实上已经很穷,也就过去了。

他在村里,先参加了村剧团,演"小女婿"中的田喜,他本人倒是个地地道道的小女婿。

二十岁时,他已经有两个儿子,加上他妹妹,五口之家,实在够他巴结的。他先和人家合伙,在集市上卖饺子,得利有限。那些年,赌风很盛,他自己倒不赌,因为他精明,手头利索,有人请他代替推牌九,叫作枪手。有一次在我们村里推,他弄鬼,被人家看出来,几乎下不来台,念他是这村的亲戚,放他走了。随之,在这一行,他也就吃不开了。

他好像还贩卖过私货,因为有一年,他到我家,问他二姐有没有过去留下的珍珠,他二姐说没有。

后来又当了牲口经纪。他自己也养骡驹子,他说从小就喜欢这玩意儿。

"文革"前,他二姐有病,他常到我家帮忙照顾,他二姐去世,这些年就很少来了。

去年秋后，他来了一趟，也是六十来岁的人了，精神不减当年，相见之下，感慨万端。

他有四个儿子，都已成家，每家五间新砖房，他和老伴，也是五间。有八个孙子孙女，都已经上学。大儿子是大乡的书记，其余三个，也都在乡里参加了工作。家里除养一头大骡子，还有一台拖拉机。责任田，是他带着儿媳孙子们去种，经他传艺，地比谁家种得都好。一出动就是一大帮，过往行人，还以为是个没有解散的生产队。

多年不来，我请他吃饭。

"你还赶集吗？还给人家说合牲口吗？"席间，我这样问。

"还去。"他说，"现在这一行要考试登记，我都合格。"

"说好一头牲口，能有多大好处？"

"有规定。"他笑了笑，终于语焉不详。

"你还赌钱吗？"

"早就不干了。"他严肃地说，"人老了，得给孩子们留个名誉，儿子当书记，万一出了事，不好看。"

我说："好好干吧！现在提倡发家致富，你是有本事的人，遇到这样的社会，可以大展宏图。"

他叫我给他写一幅字，裱好了给他捎去。他说："我也不贴灶王爷了，屋里挂一张字画吧。"

过去，他来我家，走时我没有送过他。这次，我把他送到大门外，郑重告别。因为我老了，以后见面的机会，不会再多了。

1986 年 8 月 14 日

乡里旧闻（十则）

木匠的女儿

这个小村庄的主要街道，应该说是那条东西街，其实也不到半里长。街的两头，房舍比较整齐，人家过得比较富裕，接连几户都是大梢门。

进善家的梢门里，分为东西两户，原是兄弟分家，看来过去的日子，是相当势派的，现在却都有些没落了。进善的哥哥，幼年时念了几年书，学得文不成武不就，种庄稼不行，只是练就一笔好字，村里有什么文书上的事，都是求他。也没有多少用武之地，不过红事喜帖、白事丧榜之类。进善幼年就赶上日子走下坡路，因此学了木匠，在农村，这一行业也算是高等的，仅次于读书经商。

他是在束鹿旧城学的徒。那里的木匠铺，是远近几个县都知名的，专做嫁妆活。凡是地主家聘姑娘，都先派人丈量男家居室，陪送木器家具。只有内间的，叫作半套；里外两间都有的，叫作全套。原料都是杨木，外加大漆。

学成以后，进善结了婚，就回家过日子来了。附近村庄人家有些零星木活，比如修整梁木，打做门窗，成全棺材，就请他去做，除去工钱，饭食都是好的，每顿有两盘菜，中午一顿还有酒喝。闲时还种几亩田地，不误农活。

可是，当他有了一儿一女以后，他的老婆因为过于劳累，得肺病死去了。当时两个孩子还小，请他家的大娘带着，过不了几年，这位大娘也得了肺病，死去了。进善就得自己带着两个孩子，这样一来，原来很是精神利索的进善，就一下变得愁眉不展，外出做活也不方便，日子也就越来越困难了。

女儿是头大的，名叫小杏。当她还不到十岁，就帮着父亲做事了，十四五岁的时候，已经出息得像个大人。长得很俊俏，眉眼特别秀丽，有时在梢门口大街上一站，身边不管有多少和她年岁相仿的女孩儿，她的身条容色，都是特别引人注目的。

贫苦无依的生活，在旧社会，只能给女孩子带来不幸。越长得好，其不幸的可能就越多。她们那幼小的心灵，先是向命运之神应战，但多数终归屈服于它。在绝望之余，她从一面小破镜中，看到了自己的容色，她现在能够仰仗的只有自己的青春。

她希望能找到一门好些的婆家，但等她十七岁结了婚，不只丈夫不能叫她满意，那位刁钻古怪的婆婆，也实在不能令人忍受。她上过一次吊，被人救了下来，就长年住在父亲家里。

虽然这是一个不到一百户的小村庄，但它也是一个社会。它有贫穷富贵，有尊荣耻辱，有士农工商，有兴亡成败。

进善常去给富裕人家做活，因此结识了那些人家游手好闲的子弟。其中有一个在村北头开油坊的少掌柜，他常到进善家来，有时在夜晚带一瓶子酒和一只烧鸡，两个人喝着酒，他撕一些鸡肉叫小杏吃。不久，就和小杏好起来。赶集上庙，两个人约好在背静地方相会，少掌柜给她买个烧饼裹肉，或是买两双袜子送给她。虽说是少女的纯洁，虽说是廉价的爱情,这里面也有倾心相与,也有引诱抗拒,也有风花雪月,也有海誓山盟。

女人一旦得到依靠男人的体验,胆子就越来越大,羞耻就越来越少;就越想去依靠那钱多的、势力大的。这叫作一步步往上依靠,灵魂一步步往下堕落。

她家对门有一位在县里当教育局长的,她和他靠上了,局长回家,就住在她家里。

1937年,这一带的国民党政府逃往南方,局长也跟着走了。成立了抗日县政府,组织了抗日游击队。抗日县长常到这村里来,有时就在进善家吃饭住宿。日子长了,和这一家人都熟识了,她的弟弟给县长当了通讯员,背上了盒子枪。

1938年冬天,日本人占据了县城。屯集在河南省的国民党军队张荫梧部,正在实行曲线救国,配合日军,企图消灭八路军。那位局长,跟随张荫梧多年了,有一天,又突然回到了村里。他回到村庄不多几天,县城的日军和伪军,"扫荡"了这个村庄,把全村的男女老少集合到大街上,在街头一棵槐树上,烧死了抗日村长。日本人在各家搜索时,在进善女儿的房中,搜出一件农村少有的雨衣,就吊打小杏。小杏说出是那位局长穿的,日本人就不再追究,回县城去了。日本人走时,是在黄昏,人们惶惶不安地刚吃过晚饭,就听见街上又响起枪来。随后,在村东野外的高沙岗上,传来了局长呼救的声音。好像他被绑了票,要乡亲们快凑钱搭救他。深夜,那声音非常凄厉。这时,街上有几个人影,打着灯笼,挨家挨户借钱,家家都早已插门闭户了。交了钱,并没得买下局长的命,他被枪毙在高岗之上。

有人说,日本这次"扫荡",是他勾引来的,他的死刑是"老八"执行的。他一回村,游击组就向上级报告了。可是,如果他不是迷恋小杏,早走一天,可能就没事……

日本人四处安插据点，在离这个村庄三里地的子文镇，盖了一个炮楼，形势一天比一天紧张，我们的主力西撤了。汉奸活跃起来，抗日政权转入地下，抗日县长，只能在夜间转移。抗日干部被捕的很多，有的叛变了。有人在夜里到小杏家，找县长，并向他劝降。这位不到二十岁的县长，本来是个纨绔子弟，经不起考验，但他不愿明目张胆地投降日本，通过亲戚朋友，到敌占区北平躺身子去了。

小杏的弟弟，经过一些坏人的引诱怂恿，带着县长的两支枪，投降了附近的炮楼，当了一名伪军。他是个小孩子，每天在炮楼下站岗，附近三乡五里，都认识他，他却坏下去得很快，敲诈勒索，以致奸污妇女。他那好吃懒做的大伯，也仗着侄儿的势力，在村中不安分起来。在1943年以后，根据地形势稍有转机时，八路军夜晚把他掏了出来，枪毙示众。

小杏在廿几岁上，经历了这些生活感情上的走马灯似的动乱、打击，得了她母亲那样致命的疾病，不久就死了。她是这个小小村庄的一代风流人物。在烽烟炮火的激荡中，她几乎还没有来得及觉醒，她的花容月貌，就悄然消失，不会有人再想到她。

进善也很快就老了。但他是个乐天派，并没有倒下去。1945年，抗日战争胜利，县里要为死难的抗日军民，兴建一座纪念塔，在四乡搜罗能工巧匠。虽然他是汉奸家属，但本人并无罪行。村里推荐了他，他很高兴地接受了雕刻塔上飞檐门窗的任务。这些都是木工细活，附近各县，能有这种手艺的人，已经很稀少了。塔建成以后，前来游览的人，无不对他的工艺啧啧称赞。

工作之暇，他也去看了看石匠们，他们正在叮叮当当，在大石碑上镌刻那些抗日烈士的不朽英名。

回到家来，他孤独一人，不久就得了病，但人们还常见他挂着一根木棍出来，和人们说话。不久，村里进行土地改革，他过去相好的那些人，都被划成地主或富农，他也不好再去找他们。又过了两年，才死去了。

玉华婶

玉华婶的娘家，离我们村只有十几里地，那里是三县交界的地方，在旧社会叫作"三不管地带"，惯出盗案。据说玉华婶的父亲，就是一个有名的大盗，犯案以后，已经正法。她的母亲，长得非常丑陋，在村里却绰号"大出头"。我们那里的方言，凡是货郎小贩，出售货物，总是把最出色的一件，悬挂在货车上，叫作出头。比如卖馒头的，就挑一个又白又大的，用秫秸秆插起来，立在车子的前面。

俗话说，破窑里可能烧出好瓷器，她生了一个非常出色的女儿，就是说烧出了一件"窑变"，使全村惊异，远近闻名。

这位小姑娘，十三四岁的时候，在街头一站，已经使那些名门闺秀黯然失色。到十六七岁的时候，出脱得更是出众，说绝世佳人，有些夸张，人人见了喜欢，却是事实。

正在这个年华，她的父亲落了这样一个结果，对她来说，当然是非常的不幸。她的母亲，好吃懒做，只会斗牌，赌注就放在身边女儿身上了。

县里的衙役、镇上的巡警、村里的流氓，都在这个姑娘身上打主意。

我家南邻是春瑞叔家。他的父亲，是个潦倒人，跑了半辈子宝局，下了趟关东，什么也没挣下，只好在家里开个小牌局。春瑞叔从小时，被送到外村，给人家放羊。每天背上点水，带块干粮，光着两只脚，在漫天野地里，追着喊着。天大黑了，才能回来，睡在羊圈里。现在三十上下了，还没有成亲。

他有一个姐姐，嫁在那个村庄，和大出头是近邻。看见这个小姑娘，长得这样好，眼下命运又不济，就想给自己的弟弟说说。她的口才很好，亲自上门，找小姑娘直接谈。今天不行，明天再去，不上十天半月，这门亲事，居然说成了。

为了怕坏人捣乱，没敢宣扬出去。娶亲那天，也没有坐花轿，没有动鼓乐，只是说串亲，坐上一辆牛车，就到了我们村里。又在别人家借了一间屋子，作为洞房。好在春瑞叔的父亲，是地方上的一个赌棍，有些头面，没有发生什么事情。

不久，把她母亲也接了来，在我们村落了户。从此，一老一少，一丑一美，就成了我们新的街坊邻居了。

像玉华婶这样的人物，论人才、口才、心计，在历史上，如果遇到机会，她可以成为赵飞燕，也可以成为武则天。但落到这个穷乡僻壤，也不过是织织纺纺，下地劳动。春瑞叔又没有多少地，于是玉华婶就同公爹，支持着家里那个小牌局。有时也下地拾柴挑菜，赶集做一些小买卖。她人缘很好，不管男女老少，都说得来，人们有什么话，也愿意和她去说。她家里是个闲话场。她很能交际，能陪男人喝酒、吸烟、打麻将。

我们年轻人都很爱她、敬她，也有些怕她，不敢惹她。有一年暑假，一天中午，我正在场院里树荫下看书，看见玉华婶从家里跑了出来。后面是她母亲哭叫着。再后面是春瑞叔，手里拿着一根顶门杠。玉华婶一声不响，跑进我家场院，就奔新打的洋井。井口直径足有五尺，她把腿一伸，出溜进去。我大喊救人，当人们捞她的时候，看到她用头和脚尖紧紧顶着井的两边，身子浮在水皮上，一口水也没喝。这种跳井，简直还比不上现在的跳水运动员，实在好笑。

但从此，春瑞叔也就不敢再发庄稼火，很怕她。因为跳井，即寻死觅活，究竟是人命关天的大事，非同小可。

去年，我回了一趟老家。玉华婶也老了。她有三房儿媳，都分着过。春瑞叔八十来岁了，但走起路来，还很快，这是年轻时放羊，给他带来的好处。

三房儿媳，都不听玉华婶的话，还和她对骂。春瑞叔也不替她说话。玉华婶一世英名，看来真要毁于一旦了。

她哭哭啼啼，向我诉苦。最后她对我说：

"大侄子，你走京串卫，识文断字，我问你一件事，什么叫打金枝？"

"《打金枝》是一出戏名，河北梆子就有的，你没有看过吗？"我说。

"没有。村里唱戏的时候，我忙着照应牌局，没时间去看。"玉华婶笑了，"这是我那三儿媳妇的爹对我说的。他说：你就没有看过《打金枝》吗？我不知道这是一句什么话，又不好去问外人，单等你回来。"

"那不是一句坏话。"我说，"那可能是劝你不要管儿子媳妇间的闲事。"

随后，我把《打金枝》这出戏的剧情，给她介绍了一下。这一介绍，玉华婶火了，她大声骂道：

"就凭他们家，才三天半不要饭吃了，能出一根金枝？我看是狗屎、擦屁股棍儿！他成了皇帝，他要成了皇帝，我就是玉皇！"

我怕叫她的儿媳听见，又惹是非，赶紧往外努努嘴，托辞着出来了。玉华婶也知趣，就不再喊叫了。

1983年9月2日晨改讫

村长

  这个村庄本来很小，交通也不方便，离保定一百二十里，离县城十八里。它有一个村长，是一家富农。我不记得这村长是民选的，还是委派的。但他家的正房里，悬挂着本县县长一个奖状，说他对维持地方治安有成绩，用镜框装饰着。平日也看不见他有什么职务，他照样管理农事家务，赶集卖粮食。村里小学他是校董，县里督学来了，中午在他家吃饭。他手下另有一个"地方"，这个职务倒很明显，每逢征收钱粮，由他在街上敲锣呼喊。

  这个村长个子很小，脸也很黑，还有些麻子。他的穿着，比较讲究，在冬天，他有一件羊皮袄，在街上走路的时候，他的右手总是提起皮袄右面开衩的地方，步子也迈得细碎些，这样，他以为势派。

  他原来和"地方"的老婆姘靠着。"地方"出外很多年，回到家后，村长就给他一面铜锣，派他当了"地方"。

  在村子的最东头，有一家人卖油炸馃子，有好几代历史了。这种行业，好像并不成全人，每天天不亮，就站在油锅旁。男人们都得了痨病，很早就死去了。但女人就没事，因此，这一家有好几个寡妇。村长又爱上了其中一个高个子的寡妇，就不大到"地方"家去了。

  可是，这个寡妇，在村里还有别的相好，因为村长有钱有势，其他人就不能再登上她家的门边。

  一九三七年，七七事变，国民党政权南逃。这年秋季，地方大乱。一到夜晚，远近枪声如度岁。有绑票的，有自卫的。

  一天晚上，村长又到东头寡妇家去，夜深了才出来，寡妇不放心，叫她的儿子送村长回家。走到东街土地庙那里，从庙里出来几个人，用撅枪把村长打死在地，把寡妇的儿子也打死了。寡妇就这一个儿子，还是她丈夫的遗腹子。把他打死，显然是怕他走漏风声。

村长头部中了数弹，但他并没有死，因为撅枪和土造的子弹，都没有准头和力量。第二天早上苏醒了过来。儿子把他送到县城医治枪伤，并指名告了村里和他家有宿怨的几个农民。当时的政权是维持会，土豪劣绅管事，当即把几个农民抓到县里，并带了镣。八路军到了，才释放出来。

村长回到村里，五官破坏，面目全非。深居简出，常常把一柄大铡刀放在门边，以防不测。一九三九年，日本人占据县城，地方又大乱。一个夜晚，村长终于被绑架到村南坟地，割去生殖器，大卸八块。村长之死，从政治上论是打击封建恶霸势力的结果。这是村庄开展阶级斗争的序幕。

那个寡妇，脸上虽有几点浅白麻子，长得却有几分人才，高高的个儿，可以说是亭亭玉立。后来，村妇救会成立，她是第一任的主任，现在还活着。死去的儿子也有一个遗腹子，现在也长大成人了。

村长的孙子孙女，也先后参加了八路军，后来都是干部。

1979 年 12 月

刁叔

刁叔，是写过的疤增叔的二哥。大哥叫瑞，多年跑山西，做小买卖，为人有些流氓气，也没有挣下什么，还把梅毒传染给妻子，妻女失明，儿子塌鼻破嗓，他自己不久也死了。

和我交往最多的，是刁叔。他比我大二十岁，但不把我当作孩子，好像我是他的一个知己朋友。其实，我那时对他，什么也不了解。

他家离我家很近，住在南北街路西。砖门洞里，挂着两块贞节匾，大概是他祖母的事迹吧。那时他家里，只有他和疤增婶子，他一个人住在西屋。

他没有正式上过学，但"习"过字。过去，在村中无力上学，又有志读书的农民，冬闲时凑在一起，请一位能写会算的人，来教他们，就叫习字。

他为人沉静刚毅，身材高大强健。家里土地很少，没有多少活儿，闲着的时候多。但很少见到他，像别的贫苦农民一样，背着柴筐粪筐下地，也没有见过他，给别人家打短工。他也很少和别人闲坐说笑，就喜欢看一些书报。

那时乡下，没有多少书，只有我是个书呆子。他就和我交上了朋友。他向我借书，总是亲自登门，讷讷启口，好像是向我借取金钱。

我并不知道他喜欢看什么书，我正看什么，就常常借给他什么。有一次，我记得借给他的是《浮生六记》。他很快就看完了，送回时，还是亲自登门，双手捧着交给我。书，完好无损。把书借给这种人，比现在借书出去，放心多了。

我不知道他能看懂这种书不能，也没问过他读后有什么感想。我只是尽乡亲之谊，邻里之间，互通有无。

他是一个光棍。旧日农村，如果家境不太好，老大结婚还有可能，老二就很难了。他家老三，所以能娶上媳妇，是因为跑了上海，发了点小财。这在另一篇文章中，已经提过了。

我现在想：他看书，恐怕是为了解闷，也就是消遣吧。目前有人主张，文学的最大功能、最高价值，就是供人消遣。这种主张，很是时髦。其实，在几十年前，刁叔的读书，就证实了这一点，我也很早就明白这层道理了。看来并算不得什么新理论、新学说。

刁叔家的对门，是秃小叔。秃小叔一只眼，是个富农，又是一家之主，好赌。他的赌，不是逢年过节，农村里那种小赌。是到设在戏台下面，或是外村的大宝局去赌。他为人有些胆小，那时地面也确实不大太平，路劫、绑票的很多。每当他去赴宝局之时，他总是约上刁叔，给他助威仗胆。

那种大宝局的场合、气氛，如果没有亲临过，是难以想象的。开局总是在夜间，做宝的人，隐居帐后；看宝的人，端坐帐前。一块白布，作为宝案，设于破炕席之上，幺、二、三、四，四个方位，都压满了银圆。赌徒们炕上炕下，或站或立，屋里屋外，都挤满了人。人人面红耳赤，心惊肉跳；烟雾迷蒙，汗臭难闻。胜败既分，有的甚至屁滚尿流，捶胸顿足。

"免三！"一局出来了，看宝的人把宝案放在白布上，大声喊叫。免三，就是看到人们压三的最多，宝盒里不要出三。一个赌徒，抓过宝盒，屏气定心，慢慢开动着。当看准那个刻有红月牙的宝心指向何方时，把宝盒一亮，此局已定，场上有哭有笑。秃小叔虽然一只眼，但正好用来看宝盒，看宝盒，好人有时也要眯起一只眼。他身后，站着刁叔。刁叔是他的赌场参谋，他常常因刁叔的运筹得当，而得到胜利。天明了，两个人才懒洋洋地走回村来。

这对刁叔来说，也是一种消遣。他有一个"木猫"，冬天放在院子里，有时会逮住一只黄鼬。有一回，有一只猫钻进去了，他也没有放过。一天下午，他在街上看见我，低声说：

"晚上到我那里去，我们吃猫肉。"

晚上，我真的去了，共尝了猫肉。我一生只吃过这一次猫肉。也不知道是家猫还是野猫。那天晚上，他和我谈了些什么，完全忘记了。

听叔辈们说，他的水性还很好，会摸鱼，可惜我都没有亲眼见过。

刁叔年纪不大，就去世了。那时我不在家，不知道他得的是什么病。在前一篇文章里，谈到他的死因，也不过是传言，不一定可信。我现在推测，他一定死于感情郁结。他好胜心强，长期打光棍，又不甘于偷鸡摸狗，钻洞跳墙。性格孤独，从不向人诉说苦闷。当时的农民，要改善自己的处境，也实在没有出路。这样就积成不治之症。

1986年8月15日

光棍

幼年时，就听说大城市多产青皮、混混儿，斗狠不怕死，在茫茫人海中成为谋取生活的一种道路。但进城后，因为革命声势，此辈已销声敛迹，不能见其在大庭广众之中，行施其伎俩。十年动乱之期，流氓行为普及里巷，然已经"发迹变态"，似乎与前所谓混混儿者，性质已有悬殊。

其实，就是在乡下，也有这种人物的。十里之乡，必有仁义，也必有歹徒。乡下的混混儿，名叫光棍。一般的，这类人幼小失去父母，家境贫寒，但长大了，有些聪明，不甘心受苦。他们先从赌博开始，从本村赌到外村，再赌到集市庙会。他们能在大戏台下，万人围聚之中，吆三喝四，从容不迫，旁若无人，有多大的输赢，也面不改色。当在赌场略略站住脚步，就能与官面上勾结，也可能当上一名巡警或是衙役。从此就可以包办赌局，或窝藏娼妓。这是顺利的一途。其在赌场失败者，则可以下关东，走上海，甚至报名当兵，在外乡流落若干年，再回到乡下来。

我的一个远房堂兄，幼年随人到了上海，做织布徒工。失业后，没有饭吃，他趸了几个西瓜到街上去卖，和人争执起来，他手起刀落，把人家头皮砍破，被关押了一个月。出来后，在上海青红帮内，也就有了小小的名气。但他究竟是一个农民，家里还有一点点恒产，不到中年就回家种地，也娶妻生子，在村里很是安分。这是偶一尝试，又返回正道的一例，自然和他的祖祖辈辈的"门风"有关。

在大街当中，有一个光棍名叫老索，他中年时官至县城的巡警，不久废职家居，养了一笼画眉。这种鸟儿，在乡下常常和光棍做伴，可能它那种霸气劲儿，正是主人行动的陪衬。

老索并不鱼肉乡里，也没人去招惹他。光棍一般的并不在本村为非作歹，因为欺压乡邻，将被人瞧不起，已经够不上光棍的称号。但是，到外村去闯光棍，也不是那么容易。相隔一里地的小村庄，有一个姓曹的光棍，老索和他有些输赢账。有一天，老索喝醉了，拿了一把捅猪的长刀，找到姓曹的门上。声言："你不还账，我就捅了你。"姓曹的听说，立时把上衣一脱，拍着肚脐说："来，照这个地方。"老索往后退了一步，说："要不然，你就捅了我。"姓曹的二话不说，夺过他的刀来就要下手。老索转身往自己村里跑，姓曹的一直追到他家门口。乡亲拦住，才算完事。从这一次，老索的光棍，就算"栽了"。

他雄心不死，他把希望寄托在下一代。他生了三个儿子，起名虎、豹、熊。姓曹的光棍穷得娶不上妻子，老索希望他的儿子能重新建立他失去的威名。

三儿子很早就得天花死去了，少了一个熊。大儿子到了二十岁，娶了一门童养媳；二儿子长大了，和嫂子不清不楚。有一天，弟兄两个打起架来,哥哥拿着一根粗大杠,弟弟用一把小鱼刀,把哥哥刺死在街上。在乡下,一时传言,豹吃了虎。村里怕事,仓促出了殡,民不告,官不究,弟弟到关东去躲了两年,赶上抗日战争,才回到村来。他真正成了一条光棍。那时村里正在成立农会,声势很大,村两头闹派性,他站在西头一派,有一天,在大街之上,把新任的农会主任,撞倒在地。在当时,这一举动,完全可以说成是长地富的威风,但一查他的三代,都是贫农,就对他无可奈何。我们有很长时间,是以阶级斗争代替法律的。他和嫂嫂同居,一直到得病死去。他嫂子现在还活着,有一年我回家,清晨路过她家的小院,看见她开门出来,风姿虽不及当年,并不见有什么愁苦。

这也是一种"门风"。老索有一个堂房兄弟名叫五湖,我幼年时,他在街上开小面铺,兼卖开水。他用竹簪把头发盘在头顶上,就像道士一样。他养着一头小毛驴,就像大个山羊那么高,但鞍镫铃铛齐全,打扮得很是漂亮。我到外地求学,曾多次向他借驴骑用。

面铺的后边屋子里,住着他的寡嫂。那是一位从来也不到屋子外面的女人,她的房间里,一点光线也没有。她信佛,挂着红布围裙的迎门桌上,长年香火不断。这可能是避人耳目,也可能是忏悔吧。

据老年人说,当年五湖也是因为这个女人把哥哥打死的,也是到关东躲了几年,小毛驴就是从那里骑回来的。五湖并不像是光棍,他一本正经,神态岸然,倒像经过修身养性的人。乡人尝谓:如果当时有人告状,五湖受到法律制裁,就不会再有虎豹间的悲剧。

1980年9月29日晨

菜虎

东头有一个老汉，个儿不高，膀大腰圆，卖菜为生。人们都叫他菜虎，真名字倒被人忘记了。这个虎字，并没有什么恶意，不过是说他以菜为衣食之道罢了。他从小就干这一行，头一天推车到滹沱河北种菜园的村庄趸菜，第二天一早，又推上车子到南边的集市上去卖。因为南边都是旱地种大田，青菜很缺。

那时用的都是独木轮高脊手推车，车两旁捆上菜，青枝绿叶，远远望去，就像一个活的菜畦。

一车水菜分量很重，天暖季节他总是脱掉上衣，露着黝黑的身子，把绊带套在肩上。遇见沙土道路或是上坡，他两条腿叉开，弓着身子，用全力往前推，立时就是一身汗水。如果前面是硬整的平路，他推得就很轻松愉快了，空行的人没法赶过他去。也不知道他是怎么弄的，那车子发出连续的有节奏的悠扬悦耳的声音——吱扭——吱扭——吱扭扭——吱扭扭。他的臀部也左右有节奏地摆动着。这种手推车的歌，在我幼年的记忆中，留下了深刻的印象。这是田野里的音乐，是道路上的歌，是充满希望的歌。有时这种声音，在几里地以外就能听到。他的老伴，坐在家里，这种声音从离村很远的路上传来。有人说，菜虎一过河，离家还有八里路。他的老伴就能听见他推车的声音，下炕给他做饭，等他到家，饭也就熟了。在黄昏炊烟四起的时候，人们一听到这声音，就说："菜虎回来了。"

民国六年七月初，滹沱河决口，这一带发了一场空前的洪水。庄稼全都完了，就是半生半熟的高粱，也都冲倒在地里，被泥水浸泡着。

直到九十月间,已经下过霜,地里的水还没有撤完,什么晚庄稼也种不上,种冬麦都有困难。这一年的秋天,颗粒不收,人们开始吃村边树上的残叶,剥下榆树的皮,到泥里水里捞泥高粱穗来充饥。有很多小孩到撒过水的地方去挖地梨,还挖一种泥块,叫作"胶泥沉儿",是比胶泥硬、颜色较白的小东西,放在嘴里吃。这原是营养植物的,现在用来营养人。

人们很快就干黄干瘦了,年老有病的不断死亡,也买不到棺木,都用席子裹起来,找干地方暂时埋葬。

那年我七岁,刚上小学,小学也因为水灾放假了。我也整天和孩子们到野地里去捞小鱼小虾,捕捉蚂蚱、蝉和它的原虫,寻找野菜,寻找所有绿色的、可以吃的东西。常在一起的,就有菜虎家的一个小闺女,叫作盼儿的。因为她母亲有痨病,常年喘嗽,这个小姑娘长得很瘦小,可是她很能干活,手脚利索,眼快,在这种生活竞争的场所,她常常大显身手,得到较多较大的收获,这样就会有争夺,比如一个蚂蚱、一棵野菜,是谁先看见的。

孩子们不懂事,有时问她:

"你爹叫菜虎,你们家还没有菜吃?还挖野菜?"

她手脚不停地挖着土地,回答:

"你看这道儿,能走人吗?更不用说推车了,到哪里去趸菜呀?一家人都快饿死了!"

孩子们听了,一下子就感到确实饿极了,都一屁股坐在泥地上,不说话了。

忽然在远处高坡上,出现了几个外国人,有男有女,男的穿着中国式的长袍马褂,留着大胡子,女的穿着裙子,披着金黄色的长发。

"鬼子来了。"孩子们站起来。

作为庚子年这一带义和团抗击洋人失败的报偿,外国人在往南八里地的义里村,建立了一座教堂,但这个村庄没有一家在教。现在这些洋人是来视察水灾的。他们走了以后,不久在义里村就设立了一座粥厂。村里就有不少人到那里去喝粥了。

又过了不久,传说菜虎一家在了教。又有一天,母亲回到家来对我说:

"菜虎家把闺女送给了教堂,立时换上了洋布衣裳,也不愁饿死了。"

我当时听了很难过,问母亲:

"还能回来吗?"

"人家说,就要带到天津去呢,长大了也可以回家。"母亲回答。

可是直到我离开家乡,也没见这个小姑娘回来过。我也不知道外国人一共收了多少小姑娘,但我们这个村庄确实就只有她一个人。

菜虎和他多病的老伴早死了。

现在农村已经看不到菜虎用的那种小车,当然也就听不到它那种特有的悠扬悦耳的声音了。现在的手推车都换成了胶皮轱辘,推动起来,是没有多少声音的。

1980 年 9 月 29 日晨

瞎周

我幼小的时候,我家生在这个村庄的北头。门前有一条南北大车道,从我家北墙角转个弯,再往前去就是野外了。斜对门的一家,就是瞎周家。

那时，瞎周的父亲还活着，我们叫他和尚爷。虽叫和尚，他的头上却留着一个"毛刷"，这是表示，虽说剪去了发辫，但对前清，还是不能忘怀的。他每天拿一个小板凳，坐在门口，默默地抽着烟，显得很寂寞。

他家的房舍，还算整齐，有三间砖北房，两间砖东房，一间砖过道，黑漆大门。西边是用土墙围起来的一块菜园，地方很不小。园子旁边，树木很多。其中有一棵臭椿树，这种树木虽说并不名贵，但对孩子们吸引力很大。每年春天，它先挂牌子，摘下来像花朵一样，树身上还长一种黑白斑点的小甲虫，名叫"椿象"，捉到手里，很好玩。

听母亲讲，和尚爷原有两个儿子，长子早年去世了。次子就是瞎周。他原先并不瞎，娶了媳妇以后，因为婆媳不和，和他父亲分了家，一气之下，走了关东。临行之前，在庭院中，大喊声言：

"那里到处是金子，我去发财回来，天天吃一个肉丸的、顺嘴流油的饺子，叫你们看看。"

谁知出师不利，到关东不上半年，学打猎，叫火枪伤了右眼，结果两只眼睛都瞎了。同乡们凑了些路费，又找了一个人把他送回来。这样来回一折腾，不只没有发了财，还欠了不少债，把仅有的三亩地，卖出去二亩。村里人都当作笑话来说，并且添油加醋，说哪里是打猎，打猎还会伤了自己的眼？是当了红胡子，叫人家对面打瞎的。这是他在家不行孝的报应，是生分畜类孩子们的样子！

为了生活，他每天坐在只铺着一张席子的炕上，在裸露的大腿膝盖上，搓麻绳。这种麻绳很短很细，是穿铜钱用的，就叫钱串儿。每到集日，瞎周拄上一根棍子，拿了搓好的麻绳，到集市上去卖了，再买回原麻和粮食。

他不像原先那样活泼了。他的两条眉毛，紧紧锁在一起，脑门上有一条直直立起的粗筋暴露着。他的嘴唇，有时咧开，有时紧紧闭着。

有时脸上的表情像是在笑,更多的时候像是要哭。

他很少和人谈话,别人遇到他,也很少和他打招呼。

他的老婆,每天守着他,在炕的另一头纺线。他们生了一个男孩,岁数和我相仿。

我小时到他们屋里去过,那屋子里因为不常撩门帘,总有那么一种近于狐臭的难闻的味道。有个大些的孩子告诉我,说是如果在歇晌的时候,到他家窗前去偷听,可以听到他两口子"办事"。但谁也不敢去偷听,怕遇到和尚爷。

瞎周的女人,给我留下的印象,有些像鲁迅小说里所写的豆腐西施。她在那里站着和人说话,总是不安定,前走两步,又后退两步。所说的话,就是小孩子也听得出来,没有丝毫的诚意。她对人没有同情,只会幸灾乐祸。

和尚爷去世以前,瞎周忽然紧张了起来,他为这一桩大事,心神不安。父亲的产业,由他继承,是没有异议或纷争的。只是有一个细节,议论不定。在我们那里,出殡之时,孝子从家里哭着出来,要一手打幡,一手提着一块瓦,这块瓦要在灵前摔碎,摔得越碎越好。不然就会有许多说讲。管事的人们,担心他眼瞎,怕瓦摔不到灵前放的那块石头上,那会大煞风景,不吉利,甚至会引起哄笑。有人建议,这打幡摔瓦的事,就叫他的儿子去做。

瞎周断然拒绝了,他说有他在,这不是孩子办的事。这是他的职责,他的孝心,一定会感动上天,他一定能把瓦摔得粉碎。至于孩子,等他死了,再摔瓦也不晚。

他大概默默地做了很多次练习和准备工作,到出殡那天,果然,他一摔中的,瓦片摔得粉碎。看热闹的人们,几乎忍不住要拍手叫好。瞎周心里的扬扬得意,也按捺不住,形之于外了。

他什么时候死去的,我因为离开家乡,就不记得了。他的女人现在也老了，也糊涂了。她好贪图小利，又常常利令智昏。有一次，她从地里拾庄稼回来，走到家门口，遇见一个人，抱着一只鸡，对她说：

"大娘，你买鸡吗？"

"俺不买。"

"便宜呀，随便你给点钱。"

她买了下来，把鸡抱到家，放到鸡群里面，又撒了一把米。

等到儿子回来，她高兴地说：

"你看，我买了一只便宜鸡。真不错，它和咱们的鸡，还这样合群。"

儿子过来一看说：

"为什么不合群？这原来就是咱家的鸡么！你遇见的是一个小偷。"

她的儿子，抗日刚开始，也干了几天游击队，后来一改编成八路军，就跑回来了。他在集市上偷了人家的钱，被送到外地去劳改了好几年。她的孙子，是个安分的青年农民，现在日子过得很好。

1982 年 5 月 31 日上午续写毕

楞起叔

楞起叔小时，因没人看管，从大车上头朝下栽下来，又不及时医治——那时乡下也没法医治，成了驼背。

他是我二爷的长子。听母亲说，二爷是个不务正业的人，好喝酒，喝醉了就搬个板凳，坐在院里拉板胡，自拉自唱。

他家的宅院，和我家只隔着一道墙。从我记事时，楞起叔就给我一个好印象——他的脾气好,从不训斥我们。不只不训斥,还想方设法哄着我们玩儿。他会捕鸟,会编鸟笼子,会编蝈蝈葫芦,会结网,会摸鱼。他包管割坟草的差事,每年秋末冬初,坟地里的草衰白了,田地里的庄稼早就收割完了,蝈蝈都逃到那混杂着荆棘的坟草里,平常捉也没法捉,只有等到割草清坟之日,才能暴露出来。这时的蝈蝈很名贵,养好了,能养到明年正月间。

他还会弹三弦。我幼小的时候,好听大鼓书,有时也自编自唱,敲击着破升子底,当作鼓,两块破犁铧片当作板。楞起叔给我伴奏,就在他家院子里演唱起来。这是家庭娱乐,热心的听众只有三祖父一个人。

因为身体有缺陷,他从小就不能掏大力气,但田地里的锄耪收割,他还是做得很出色。他也好喝酒,二爷留下几亩地,慢慢他都卖了。春冬两闲,他就给赶庙会卖豆腐脑的人家,帮忙烙饼。

这种饭馆,多是联合营业。在庙会上搭一个长洞形的席棚。棚口,右边一辆肉车,左边一个烧饼炉。稍进就是豆腐脑大铜锅。棚子中间,并排放着一些方桌、板凳,这是客座。

楞起叔工作的地方,是在棚底。他在那里安排一个锅灶,烙大饼。因为身残,他在灶旁边挖好一个二尺多深的圆坑,像军事掩体,他站在里面工作,这样可以免得老是弯腰。

帮人家做饭,他并挣不了什么钱,除去吃喝,就是看戏方便。这也只是看夜戏,夜间就没人吃饭来了。他懂得各种戏文,也爱唱。

因为长年赶庙会,他交往了各式各样的人。后来,他又"在了理",听说是一个会道门。有一年,这一带遭了大水,水撤了以后,地变碱了,道旁墙根都泛起一层白霜。他联合几个外地人,在他家院子里安锅烧小盐。那时烧小盐是犯私的,他在村里人缘好,村里人又都朴实,没人给他报告。就在这年冬季,河北一个村庄的地主家,在儿子新婚之夜，叫人砸了明火。报到县里，盗贼竟是住在楞起叔家烧盐的人们。他们逃走了，县里来人把楞起叔两口子捉进牢狱。

在牢狱一年，他受尽了苦刑，冬天，还差点把脚冻掉。其实，他什么也没有得到，事前事后也不知情。县里把他放了出来，养了很久，才能劳动。他的妻子，不久就去世了。

他还是好喝酒，好赶集。一喝喝到日平西，人们才散场。然后，他拿着他那条铁棍，跟跟跄跄地往家走。如果是热天，在路上遇到一棵树，或是大麻子棵，他就倒在下面睡到天黑。逢年过节，要账的盈门，他只好躲出去。

他脾气好，又乐观，村里有人叫他老软儿，也有人叫他孙不愁。他有一个儿子，抗日时期参了军。全国解放以后，楞起叔的生活是很好的。他死在邢台地震那一年，也享了长寿。

1982 年 5 月 31 日下午

外祖母家

外祖母家是彪冢村的，在滹沱河北岸，离我们家有十四五里路。当我初上小学，夜晚温书时，母亲给我讲过这样一个故事：母亲姐妹四人，还有两个弟弟，母亲是最大的。外祖父和外祖母，只种着三亩当来的地，一家八口人，全仗着织卖土布生活。外祖母、母亲、二姨，能上机子的，轮流上机子织布。三姨、四姨，能帮着经、纺的，就帮着经、纺。人歇马不歇，那张停放在外屋的木机子，昼夜不闲着，这个人下来吃饭，那个人就上去织。外祖父除种地外，每个集日（郎仁镇）背上布去卖，然后换回线子或是棉花，赚的钱就买粮食。

母亲说，她是老大，她常在夜间织，机子上挂一盏小油灯，每每织到鸡叫。她家东邻有个念书的，准备考秀才，每天夜里，大声念书，声闻四邻。母亲说，也不知道他念的是什么书，只听着隔几句，就"也"一声，拉的尾巴很长，也是一念就念到鸡叫。可是这个人念了多少年，也没有考中。正像外祖父一家，织了多少年布，还是穷一样。

母亲给我讲这个故事，当时我虽然不明白，其目的是为了什么，但给我留下很深的印象，一生也没有忘记。是鼓励我用功吗？好像也没有再往下说；是回忆她出嫁前艰难辛苦的生活经历吧。

这架老织布机，我幼年还见过，烟熏火燎，通身变成黑色的了。

外祖父的去世，我不记得。外祖母去世的时候，我记得大舅父已经下了关东。二舅父十几岁上就和我叔父赶车拉脚。后来遇上一年水灾，叔父又对父亲说了一些闲话，我父亲把牲口卖了，二舅父回到家里，没法生活。他原在村里和一个妇女相好，女的见从他手里拿不到零用钱，就又和别人好去了。二舅父想不开，正当年轻，竟悬梁自尽。

大舅父在关东混了二十多年，快五十岁才回到家来。他还算是本分的，省吃俭用，带回一点钱，买了几亩地，娶了一个后婚，生了一个儿子。

大舅父在关外学会打猎，回到老家，他打了一条鸟枪，春冬两闲，好到野地里打兔子。他枪法很准，有时串游到我们村庄附近，常常从他那用破布口袋缝成的挂包里，掏出一只兔子，交给姐姐。母亲赶紧给他去做些吃食，他就又走了。

他后来得了抽风病。有一天出外打猎，病发了，倒在大道上，路过的人，偷走了他的枪支。他醒过来，又急又气，从此竟一病不起。

我记得二姨母最会讲故事，有一年她住在我家，母亲去看外祖母，夜里我哭闹，她给我讲故事，一直讲到母亲回来。她的丈夫，也下了关东，十几年后，才叫她带着表兄找上去。后来一家人，在那里落了户。现在已经是人口繁衍了。

1982 年 5 月 30 日

吊挂及其他

吊挂

每逢新年，从初一到十五，大街之上，悬吊挂。

吊挂是一种连环画。每幅一尺多宽、二尺多长，下面作牙旗状。每四幅一组，穿以长绳，横挂于街。每隔十几步，再挂一组。一条街上，共有十几组。

吊挂的画法，是用白布涂一层粉，再用色彩绘制人物山水车马等。故事多取材于《封神演义》、《三国演义》、五代残唐或《杨家将》。其画法与庙宇中的壁画相似，形式与年画中的连环画一样。在我的记忆中，新年时，吊挂只是一种装饰，站立在下面的观赏者不多。因为妇女儿童，看不懂这些故事，而大人长者，已经看了很多年，都已经看厌了。吊挂经过多年风雪吹打，颜色已经剥蚀，过了春节，就又由管事人收起来，放到家庙里去了。吊挂与灯笼并称。年节时街上也挂出不少有绘画的纸灯笼，供人欣赏。杂货铺掌柜叫变吉的，每年在门前挂一个走马灯，小孩们聚下围观。

锣鼓

村里人,从地亩摊派,置买了一套锣鼓铙钹,平日也放在家庙里,春节才取出来,放在十字大街动用。每天晚上吃过饭,乡亲们集在街头,各执一器,敲打一通,说是娱乐,也是联络感情。

其鼓甚大,有架。鼓手执大棒二,或击其中心,或敲其边缘,缓急轻重,以成节奏。每村总有几个出名的鼓手。遇有求雨或出村赛会,鼓载于车,鼓手立于旁,鼓棒飞舞,有各种花点,是最动人的。

小戏

小康之家,遇有丧事,则请小戏一台,也有亲友送的。所谓小戏,就是在街上摆一张方桌、四条板凳,有八个吹鼓手,坐在那里吹唱。并不化装,一人可演几个角色,并且手中不离乐器。桌上放着酒菜,边演边吃喝。有人来吊孝,则停戏奏哀乐。男女围观,灵前有戚戚之容,戏前有欢乐之意。中国的风俗,最通人情,达世故,有辩证法。

富人家办丧事,则有老道念经。念经是其次,主要是吹奏音乐。这些道士,并不都是职业性质,很多是临时装扮成的,是农民中的音乐爱好者。他们所奏为细乐,笙管云锣、笛子唢呐都有。

最热闹的场面,是跑五方。道士们排成长队,吹奏乐器,绕过或跳过很多板凳,成为一种集体舞蹈。出殡时,他们在灵前吹奏着,走不远农民们就放一条板凳,并设茶水,拦路请他们演奏一番,以至灵车不能前进,延误埋葬。经管事人多方劝说,才得作罢。在农村,一家遇丧事,众人得欢心,总是因为平日文化娱乐太贫乏的缘故。

大戏

农村唱大戏,多为谢雨。农民务实,连得几场透雨,丰收有望,才定期演戏,时间多在秋前秋后。

我的村庄小,记忆中,只唱过一次大戏。虽然只唱了一次,却是高价请来的有名的戏班,得到远近称赞。并一直传说:我们村不唱是不唱,一唱就惊人。事前,先由头面人物去"写戏",就是订合同。到时搭好照棚戏台,连夜派车去"接戏"。我们村庄小,没有大牲口(骡马),去的都是牛车,使演员们大为惊异,说这种车坐着稳当,好睡觉。

唱戏一般是三天三夜。天气正在炎热,戏台下万头攒动,尘土飞扬,挤进去就是一身透汗。而有些年轻力壮的小伙子,在此时刻,好表现一下力气,去"扒台板"看戏。所谓扒台板,就是把小褂一脱,缠在腰里,从台下侧身而入,硬拱进去,然后扒住台板,用背往后一靠。身后万人,为之披靡,一片人浪,向后拥去。戏台照棚,为之动摇。管台人员只好大声喊叫,要求他稳定下来。他却得意扬扬,旁若无人地看起戏来。出来时,还是从台下钻出,并夸口说,他看见坤角的小脚了。在农村,看戏扒台板,出殡扛棺材头,都是小伙子们表现力气的好机会。

唱大戏是村中的大典,家家要招待亲朋,也是孩子们最欢乐的节日。直到现在,我还记得一个歌谣,名叫"四大高兴"。其词曰:

新年到,搭戏台,先生(学校老师)走,媳妇来。

反之,为"四大不高兴"。其词为:

> 新年过，戏台拆，媳妇走，先生来。

可见，在农村，唱大戏和过新年，是同样受到重视的。

1982 年 7 月

辑二　岁月留痕

识字班

鲜姜台的识字班开学了。

鲜姜台是个小村子,三姓,十几家人家,差不多都是佃户,原本是个"庄子"。

房子在北山坡下盖起来,高低不平的。村前是条小河,水长年地流着。河那边是一带东西高山,正午前后,太阳总是像在那山头上,自东向西地滚动着。

冬天到来了。

一个机关驻在这村里,驻得很好,分不出你我来啦。过阳历年,机关杀了头猪,请村里的男人坐席,吃了一顿,又叫小鬼们端着菜、托着饼,挨门挨户送给女人和小孩子去吃。

而村里呢,买了一只山羊,送到机关的厨房。到旧历腊八日,村里又送了一大筐红枣,给他们熬腊八粥。

鲜姜台的小孩子们,从过了新年,就都学会了唱《卖梨膏糖》,是跟着机关里那个红红的圆圆脸的女同志学会的。

他们放着山羊，在雪地里，或是在山坡上，喊叫着：

鲜姜台老乡吃了我的梨膏糖呵，
五谷丰登打满场，
黑枣长得肥又大呵，
红枣打得晒满房呵。
自卫队员吃了我的梨膏糖呵，
帮助军队去打仗，
自己打仗保家乡呵，
日本人不敢再来烧房呵。

妇救会员吃了我的梨膏糖呵，
大鞋做得硬邦邦，
当兵的穿了去打仗呵，
赶开日本回东瀛呵。

而唱到下面一节的时候，就更得意扬扬了。如果是在放着羊，总是把鞭子高高举起：

儿童团员吃了我的梨膏糖呵，
拿起红缨枪去站岗，
捉住奸细往村里送呵，
他要逃跑就给他一枪呵。

接着是"得得锵"，又接着是向身边的一只山羊一鞭打去，那只倒霉的羊便咩的一声跑开了。

大家住在一起，住在一个院里，什么也谈，过去的事，现在的事，以至未来的事。吃饭的时候，小孩子们总是拿着块红薯，走进同志们的房子："你们吃吧！"

同志们也就接过来，再给他些干饭；站在院里观望的妈妈也就笑了。

"这孩子几岁了？"

"七岁了呢。"

"认识字吧？"

"哪里去识字呢！"

接着，边区又在提倡着冬学运动，鲜姜台也就为这件事忙起来。自卫队的班长、妇救会的班长、儿童团的班长，都忙起来了。

怎样都是班长呢？有的读者要问啦！那因为这是个小村庄，是一个"编村"，所以都叫班。

打扫了一间房子，找了一块黑板——那是临时把一块箱盖涂上烟子的。又找了几支粉笔。定了个功课表：识字，讲报，唱歌。

全村的人都参加学习。

分成了两个班：自卫队—青抗先一班，这算第一班；妇女—儿童团一班，这算第二班。

每天吃过午饭，要是轮到第二班上课了。那位长脚板的班长，便挨户去告诉了：

"大青他妈，吃了饭上学去呵！"

"等我刷了碗吧！"

"不要去晚了。"

当机关的"先生"同志走到屋里，人们就都坐在那里了。小孩子闹得很厉害，总是咧着嘴笑。有一回，一个小孩子小声说：

"三槐，你奶奶那么老了，还来干什么呢？"

这叫那老太太听见了,便大声喊起来,第一句是:"你们小王八羔子!"第二句是:"人老心不老!"

还是"先生"调停了事。

第二班的"先生",原先是女同志来担任,可是有一回,一个女同志病了,叫一个男"先生"去代课,一进门,女人们便叫起来:

"呵!不行!我们不叫他上!"

有的便立起来掉过脸去,有的便要走出去,差一点散了台,还是儿童团的班长说话了:

"有什么关系呢?你们这些顽固!"

虽然还是报复了几声"王八羔子",可也终于听下去了。

这一回,弄得这个男"先生"也不好意思,他整整两点钟,把身子退到墙角去,说话小心翼翼的。

等到下课的时候,小孩子都是兴头很高的,互相问:

"你学会了几个字?"

"五个。"

可有一天,有两个女人这样谈论着:

"念什么书呢,快过年了,孩子们还没新鞋。"

"念老鼠!我心里总惦记着孩子会睡醒!"

"坐在板凳上,不舒服,不如坐在家里的炕上!"

"明天,我们带鞋底子去吧,偷着纳两针。"

第二天,果然"先生"看见有一个女人,坐在角落里偷偷地做活计。"先生"指了出来,大家哄堂大笑,那女人红了脸。

其实,这都是头几天的事。后来这些女人都变样了。一轮到她们上学,她们总是提前把饭做好,赶紧吃完,刷了锅,把孩子一把送到丈夫手里说:

"你看着他,我去上学了!"

并且有的着了急，她们想："什么时候，才能自己看报呵！"

对不起鲜姜台的自卫队、青抗先同志们，这里很少提到他们。可是，在这里，我向你们报告吧：他们进步是顶快的，因为他们都觉到了这两点：

第一，要不是这个年头，我们能念书？别做梦了！活了半辈子，谁认得一个大字呢！

第二，只有这年头，念书、认字，才重要，查个路条，看个公示，看个报，不认字，不只是别扭，有时还会误事呢！

觉到了这两点，他们用不着人督促，学习便很努力了。

末了，我向读者报告一个"场面"作为结尾吧。

晚上，房子里并没有点灯，只有火盆里的火，闪着光亮。

鲜姜台的妇女班长，和她的丈夫、儿子们坐在炕上，围着火盆。她丈夫是自卫队员，大儿子是青抗先，小孩子还小，正躺在妈妈怀里吃奶。

这个女班长开腔了：

"你们第一班，今天上的什么课？"

"讲报说是日本又换了……"当自卫队员的父亲记不起来了。

妻子想笑话他，然而儿子接下去：

"换一个内阁！"

"当爹的还不如儿子，不害羞！"当妻的终于笑了。

当丈夫的有些不服气，紧接着：

"你说日本又想换什么花样？"

这个问题，不但叫当妻的一怔，就是和爹在一班的孩子也怔了。他虽然和爹是一班，应该站在一条战线上，可是他不同意他爹拿这个难题来故意难别人，他说：

"什么时候讲过这个呢？这个不是说明天才讲吗？"

当爹的便没话说了,可是当妻子的并没有示弱,她说:

"不用看还没讲,可是,我知道这个。不管日本换什么花样,只要我们有那三个坚持,他换什么花样,也不要紧,我们总能打胜它!"

接着,她又转向丈夫,笑着问:

"又得问住你,你说三个坚持,是坚持些什么?"

这回丈夫只说出了一个,那是"坚持抗战"。

儿子又添了一个,是"坚持团结"。

最后,还是丈夫的妻、儿子的娘、这位女班长告诉了他们这全的:"坚持抗战,坚持团结,坚持进步。"

当盆里的火要熄下去,而外面又飘起雪来的时候,儿子提议父、母、子三个人合唱了一个新学会的歌,便铺上炕睡觉了。

躺在妈妈怀里的小孩子,不知什么时候撒了一大泡尿,已经湿透了妈妈的棉裤。

1940 年 1 月 19 日于阜平鲜姜台

平原的觉醒

1937年冬季，冀中平原是动荡不安的。秋季，滹沱河发了一场洪水，接着，就传来日本人已攻到保定的消息。每天，有很多逃难的人，扶老携幼，从北面涉水而来，和站在堤上的人们，简单交谈几句，就又慌慌张张往南走了。

"就要亡国了吗？"农民们站在堤上，望着茫茫大水，唉声叹气地说。

国民党的军队放下河南岸的防御工事，往南逃，县政府也雇了许多辆大车往南逃。有一天，郎仁渡口，有一个国民党官员过河，在船上打着一柄洋伞，敌机当成军事目标，滥加轰炸扫射。敌机走后，人们拾到很多像蔓菁粗的子弹头和更粗一些的空弹壳。日本人真的把战争强加在我们的头上来了。

我原来在外地的小学校教书，七七事变，我就没有去。这一年的冬季，我穿着灰色棉袍，经常往返于我的村庄和安平县城之间。由吕正操同志领导的人民自卫军司令部，就驻在县城里，我有几个过去的同事，在政治部工作。抗日人人有份，当时我虽然还没有穿上军衣，他们也分配我一些抗日宣传方面的工作。

我记得第一次是在家里编写了一本名叫《民族革命战争与戏剧》的小册子，政治部作为一个文件油印发行了。经过这些年的大动荡，居然保存下来一个复制本子；内容为：前奏。上篇：一、民族解放战争与艺术武器；二、戏剧的特殊性；三、中国劳动民众接近的戏剧；四、我们的口号。下篇：一、怎样组织剧团；二、怎样产生剧本；三、怎样演出。

接着，我还编了一本中外革命诗人的诗集，名叫《海燕之歌》，在县城铅印出版。厚厚的一本，紫红色的封面。因为印刷技术，留下一个螺丝钉头的花纹，意外地给阎素同志的封面设计，增加了一种有力的质感。

阎素同志是宣传部的干事，他从一个县城内的印字店找到一架小型简单的铅印机，还有一些零零散散大大小小的铅字，又找来几个从事过印刷行业的工人，就先印了这本，其实并非当务之急的书。经过"五一"大"扫荡"，我再没有发现过这本书。

与此同时，路一同志主编了《红星》杂志，在第一期上，发表了我的一篇论文，题为《现实主义文学论》。这谈不上是我的著作，可以说是我那些年，学习社会科学和革命文学理论的读书笔记。其中引文太多了，王林同志当时看了，客气地讽刺说："你怎么把我读过的一些重要文章，都摘进去了。"好大喜功、不拘小节的路一同志，却对这洋洋万言的"论文"，在他主编的刊物上出现，非常满意，一再向朋友们推荐，并说："我们冀中真有人才呀！"

这篇论文，现在也不容易找到了。抗战刚刚胜利时，我在一家房东的窗台上翻了一次。虽然没有什么个人的独特见解，但行文叙事之间，有一股现在想来是难得再有的热情和泼辣之力。

《红星》是一种政治性刊物，这篇文章提出"现实主义"，有幸与"抗日民族统一战线""抗日游击战争"等当时革命口号，同时提示到广大的抗日军民面前。

不久，我在区党委的机关报《冀中导报》，发表了《鲁迅论》，占了小报整整一版的篇幅。

青年时写文章，好立大题目，摆大架子，气宇轩昂，自有他好的一方面，但也有名不副实的一方面。后来逐渐知道扎实、委婉，但热力也有所消失。

1938年的春天，我算正式参加了抗日工作。那时冀中区成立一个统一战线的组织，叫人民武装自卫会。吕正操同志主持了成立大会，由史立德任主任，我当了宣传部长。会后，我和几个同志到北线蠡县、高阳、河间去组织分会，和新被提拔的在那些县里担任县政指导员的同志们打交道。这个会，我记得不久就为抗联所代替，七八月间，我就到设在深县的抗战学院去教书了。

这个学院由杨秀峰同志当院长，分民运、军事两院，共办了两期。第一期，我在民运院教抗战文艺；第二期，在军事院教中国近代革命史。

民运院差不多网罗了冀中平原上大大小小的知识分子，从高小生到大学教授。它设在深县中学里，以军事训练为主，教员都称为"教官"。在操场，搭了一个大席棚，可容五百人。横排一条条杉木，就是学生的座位。中间竖立一面小黑板，我就站在那里讲课。这样大的场面，我要大声喊叫，而一堂课是三个小时。

我没有讲义，每次上课前，写一个简单的提纲。每周讲两次。三个月的时间，我主要讲了：抗战文艺的理论与实际，文学概论和文艺思潮；革命文艺作品介绍，着重讲了现实主义的创作方法。

不管我怎样想把文艺和抗战联系起来，这些文艺理论上的东西，无论如何,还是和操场上的实弹射击、冲锋刺杀、投手榴弹,很不相称。

和我同住一屋的王晓楼,讲授哲学,他也感到这个问题。我们共同教了三个月的书以后,学员们给他的代号是"矛盾",而赋予我的是"典型",因为我们口头上经常挂着这两个名词。

杨院长叫我给学院写一首校歌歌词,我应命了,由一位音乐教官谱曲。现在是连歌词也忘记了。经过时间的考验,词和曲都没有生命力。

去文习武,成绩也不佳。深县驻军首长,赠给王晓楼一匹又矮又小的青马。他没有马夫,每天自己喂饮它。

有一天,他约我去秋郊试马。在学院附近的庄稼大道上,他先跑了一趟。然后,他牵马坠镫,叫我上去。马固然跑的不是样子,我这个骑士,也实在不行,总是坐不稳,惹得围观的男女学生拍手大笑,高呼"典型"。

在八年抗日战争和以后的解放战争期间,因为职务和级别,我始终也没有机会得到一匹马。我也不羡慕骑马的人,在不能称为千山万水,也有千水百山的征途上,我练出了两条腿走路的功夫,多么黑的天,多么崎岖的路,我也很少跌跤。

晓楼已经作古,我是很怀念他的。他是深泽人。阴历腊月,敌人从四面吞食冀中,不久就占领了深县县城。学院分散,我带领了一个剧团,到乡下演出,就叫流动剧团。我们现编现演,常常挂上幕布,就发现敌情,把幕拆下,又到别村去演。演员穿着演出服装,带着化装转移,是常有的事。这个剧团,活动时间虽不长,但它的基本演员,建国后,很多人成为名演员。

1939年春天,我就调到阜平山地去了。这个学院的学员,从那时起,转战南北,在部队,在地方,都建树了不朽的功勋。

1937年冬季，冀中平原是大风起兮，人民是揭竿而起。农民的爱国家、爱民族的观念，是非常强烈的。在敌人铁蹄压境的时候，他们迫切要求执干戈以卫社稷。他们苦于没有领导，他们终于找到共产党的领导。

1978年10月6日

采蒲台的苇

我到了白洋淀,第一个印象,是水养活了苇草,人们依靠苇生活。这里到处是苇,人和苇结合得是那么紧。人好像寄生在苇里的鸟儿,整天不停地在苇里穿来穿去。我渐渐知道,苇也因为性质的软硬、坚固和脆弱,各有各的用途。其中,大白皮和大头栽因为色白、高大,多用来织小花边的炕席;正草因为有骨性,则多用来铺房、填房碱;白毛子只有漂亮的外形,却只能当柴烧;假皮织篮捉鱼用。我来得早,淀里的凌还没有完全融化。苇子的根还埋在冰冷的泥里,看不见大苇形成的海。我走在淀边上,想象假如是五月,那会是苇的世界。在村里是一垛垛打下来的苇,它们柔顺地在妇女们的手里翻动。远处的炮声还不断传来,人民的创伤并没有完全平复。关于苇塘,就不只是一种风景,它充满火药的气息,和无数英雄的血液的记忆。如果单纯是苇,如果单纯是好看,那就不成为冀中的名胜。这里的英雄事迹很多,不能一一记述。每一片苇塘,都有英雄的传说。敌人的炮火,曾经摧残它们,它们无数次被火烧光,人民的血液保持了它们的清白。

最好的苇出在采蒲台。一次，在采蒲台，十几个干部和全村男女被敌人包围。那是冬天，人们被围在冰上，面对着等待收割的大苇塘。敌人要搜。干部们有的带着枪，认为是最后战斗流血的时候到来了。妇女们却偷偷地把怀里的孩子递过去，告诉他们把枪支插在孩子的裤裆里。搜查的时候，干部又顺手把孩子递给女人……十二个女人不约而同地这样做了。仇恨是一个，爱是一个，智慧是一个。枪掩护过去了，闯过了一关。这时，一个四十多岁的人，从苇塘打苇回来，被敌人捉住。敌人问他："你是八路？""不是！""你村里有干部？""没有！"敌人砍断他半边脖子，又问："你的八路？"他歪着头，血流在胸膛上，说："不是！""你村的八路大大的！""没有！"妇女们忍不住，她们一齐沙着嗓子喊："没有！没有！"敌人杀死他，他倒在冰上。血冻结了，血是坚定的，死是刚强！"没有！没有！"这声音将永远响在苇塘附近，永远响在白洋淀人民的耳朵旁边，甚至应该一代代传给我们的子孙。永远记住这两句简短有力的话吧！

1947 年 3 月

第一次当记者

1938年冬季,我和老陈,又在深县马庄隐蔽了一段时间,冀中区的形势越来越不佳。次年初,就奉命过平汉路西去工作了。

这是王林同志来,传达的黄敬同志的命令。在驻定县境内七地委那里,开了简单的组织介绍信。同行的有《冀中导报》的董逸峰,还有安平县的一个到边区受训的区干部。我那时并非党员,除了这封信外,王林又用当时七地委书记张雪峰的名义,给我写了一封私函,详细说明我在冀中区的工作情况,其中不乏赞扬器重之词。这本来是老王的一番朋友之情。但是我这个人很迂执,我当时认为既是抗日工作,人人有份,何必作私人介绍?又没有盖章,是否合适?在路上,我把信扔了。不知道我在冀中工作,遇到的都是熟人,一切都有个看顾,自可不必介绍,而去阜平则是人地两生之处。果然,到了阜平,负责组织工作的刘仁同志,骑马来到我们的驻地,分别和我们谈了一次话。老陈很快就分配了。而我住在招待所,迟迟不得分配。每天饭后爬到山头上,东迎朝霞,西送落日,颇有些惆怅之感。后来还是冀中区过去了人,刘仁同志打听清楚,才把我分配到刚刚成立的晋察冀通讯社工作。

这还算万幸,后来才知道,当时有一批所谓"来路不明"的人,也被陆续送往边区。和我同来的那个区干部,姓安,在没分配之前,有一天就找到我说:"我和你们在路上说的话,可不能谈,我是个党员,你不是党员。"弄得我很纳闷,想了半天,也想不起在路上,他曾和我们说过什么不是党员应该说的话。我才后悔:千不该万不该把老王那封信扔掉。并从此,知道介绍信的重要性。还明白了,参加革命工作,并非像小说上说的,一进来,就大碗酒、大块肉,论套穿衣服,论秤分金银,还有组织审查这一道手续。

晋察冀通讯社设在阜平城南庄,主任是刘平同志。此人身材不高,仪表文雅,好抽烟斗,能写当时胡风体的文艺论文,据说刚从北平监狱放出不久。我分在通讯指导科,科长姓罗,是抗大毕业生,宁波人,青年学生。此人带有很大的洋场恶少成分,为人专横跋扈,记得一些革命和文艺的时髦名词,好给人戴大帽子。记得在边区记者协会成立时,我忘记说了一句什么话,他就说是周作人的理论。这种形左实右的人,在那时还真遇到不少,因为都是青年人,我置之不理,留下了非常不良的印象。他平时对我还算客气,这一是因为我年事较长,不与人争;二是因为我到社不久,就写了一本小册子,得到铅印,自己作品,封面上却写上集体创作,他以为我还算虚心,有可取之处。那时,因为伙食油水少,这位科长尤其嘴馋,我们在业余之暇,常到村外小河芦苇深处,掏些小沙鱼,回来用茶缸煮煮吃。(那里的老乡,不叫用他们的锅煮这些东西,甚至鸡也不让煮。他们还不许在他们的洗脸盆里用肥皂。他们说,闻不惯这些味道。这是事实。)每次掏鱼,他都是站在干岸上,很少下水,而且不断指手画脚,嘴里不三不四,使人生厌,兴趣索然。

我和他睡在老乡家一条乌黑发亮，没有炕席、枕头和褥子的土炕上。我好失眠，有时半夜里，在月光之下，看见他睁大两只眼睛，后来我才知道，他正在和社里一位胖胖的女同志，偷着谈恋爱。那时候，虽然没有明文规定，但谈恋爱好像是很不体面的事。罗后来终于和这位女同志结了婚，并一同调到平北游击区去工作。那里很残酷，礼拜六，罗骑马去接妻子，在路途遇见敌人，中弹牺牲。才华未展，深为可惜。

　　就在到通讯社的这年冬季，我有雁北之行。边区每年冬季，都遭敌人"扫荡"，因此派一些同志，到各分区采访，一是工作，二是疏散。罗科长在我们早晨出操的农民场院里，传达了主任的指示。

　　同行者三人：我，还有董逸峰，是从冀中和我一同过来的。此人好像被列入"来路不明"的那一类，后来竟不知下落。另一人姓夏。此人广东籍，小有才气，写过一些通讯，常常占去当时《晋察冀日报》的整个四版。我现在想，通讯文章之长，在开天辟地之时，就发生了。那时报纸虽不大，但因消息来源小，下面来稿也少，所以就纵容这些记者，去写长篇通讯。随后，就形成了一种风气，一直持续了抗战八年，衍及现代。这是题外的话。夏好像已是党员，社长虽未公布他是我们的负责人，但我忖度形势，他是比我们更被信任的。

　　出发时，已发棉装，系中式土布土染袄裤，短小而不可体。另有一山西毡帽，形似未打气的球皮，剪开一半，翻过即可护耳，为山地防寒佳品。腰间结一布带（很少有人能结皮带）。当时如摄影留念，今日观之，自是寒碜，在当时和农民比较，却又优越得多了。

　　从阜平去雁北，路很难走，我们走的又多是僻路，登山涉水，自是平常，有时还要从两山挟峙的罅缝中，相互推举牵拉，才能过去。详细沿途情形，现已记忆不清，走了几天，才到了雁北行署所在地。

　　当时的雁北地区，主要指应县、繁峙一带，我们活动的范围并不大，而敌人对此处，却很重视，屡次扫荡。行署主任是王斐然同志。王本是我在育德中学时的图书管理员，是接任安志诚先生的。我在学校时的印象，他好像是1927年大革命失败后到学校任职的，整天穿一件不太干净的深蓝布大衫，走路有些蹒跚，给人一种有些潦倒的印象。他对校方有些不满，曾经和我谈过当时的一名被校长信任的会计，是"恨无媚骨，幸有长舌"的人物。在学校，他还曾送我一本不很流行的李守章的小说，名叫《跋涉》，使我长期记住这位昙花一现的作家的名字。

到了行署，王震的部队正在这一带活动，我同董逸峰跟随部队活动了一程子。在一次集合时，在山脚下遇到了两个小同乡：一个是东邻崔立国，他父亲是个商人；一个是同街道的孙建章，他父亲是个木匠。异地相逢，非常亲热，他们都是王震旅的战士。在山下，朔风呼啸，董逸峰把他穿的一件日本黄呢军大衣，脱下来叫我穿上，也使我一直感念不忘。此人南方人，白皙，戴眼镜，说话时紧闭嘴唇，像轻貌什么东西一样。能写些作品。

我跟随一个团活动。团政治主任，我忘记了他的姓名，每餐都把他饭盒里的菜，分一些给我吃。以后我到部队采访，经常遇到这种年轻好客的指挥人员。

敌人又进行"扫荡"，我回到行署，有些依赖思想，就跟随王斐然转移。有一天走到一个村庄，正安排着吃顿羊肉，羊肉没有熟，就从窗口望见进村的山头上，有了日本兵。我们放下碗筷，赶紧往后山上跑。下山后就是一条河，表面已经结了冰，王斐然穿着羊皮袍子，我穿着棉裤，蹚了过去。过了河，半截身子都是水，随即结成了冰，哗哗地响着，行走很不便。我发起高烧，王斐然给找了担架。夜晚到了一处高山，把我放在一家没有人住的农舍外屋。王与地委书记等人开会，地委书记说要高度疏散，问他还带着什么人，他说有一名记者。

地委书记说，记者为什么不到前方去？他说，他病了。

在反"扫荡"时，王有时虽也因为有这样一个学生拖累，给他增添不少麻烦，曾有烦言，但在紧急关头，还是照顾了我。不然，战争年代，在那样人地两生的荒凉之地，加上饥寒疾病，我一个人活动，很可能遇到危险的，甚至可能叫野狼吃掉。所以也一直对他感念不尽。

接近旧历年关时，我们这个被称做记者团的三个人，回到了通讯社。我只交了一篇文艺通讯稿，即《一天的工作》。夏一个人向领导作了汇报。刘平同志在开会时，委婉而严厉地对我们的这次出差，表示了不满。

后来，我知道夏这个人，本身散漫，不守纪律，对别人却好造作谎言，取悦领导。全国解放以后，他曾以经济问题受到制裁。

我有这样的经验，有的人在战争打响时，先叫别人到前方去；打了胜仗慰问时，他再到前方去。对于这样的记者或作家，虽是领导，我是不信服，也不想听从的。

我虽在幼年就梦想当一名记者，此次出师失败，证明我不适宜当记者，一是口讷，二是孤僻。所以后来就退而当编辑了。

1981年11月6日改讫

一别十年同口镇

十年前,我曾在安新同口当了一年小学教员,就是那年,伟大的人民抗日战争开始了。同口是组织抗日力量的烽火台之一,在抗日历史上永远不会湮没。

这次到白洋淀,一别十年的旧游之地,给我很多兴奋、很多感触。想到十年战争时间不算不长,可是一个村镇这样的兑蜕变化,却是千百年所不遇。

我清晨从高阳出发,越过一条堤,便觉到天地和风云都起了变化,堤东地势低下,是大洼的边沿,云雾很低,风声很急,和堤西的高爽,正成一个对照。

顺堤走到同口村边,已经是水乡本色,凌皮已经有些地方解冻,水色清澈得发黑。有很多拖床正在绕道行走。村边村里房上地下,都是大大小小的苇垛,真是山堆海积。

水的边沿正有很多农民和儿童,掏掘残存的苇子和地边的硬埂,准备播种;船工正在替船家修理船只,斧凿叮咚。

街里,还到处是苇皮、芦花、鸭子、泥泞、低矮紧挤的房屋、狭窄的夹道，和家家迎风摆动的破门帘。

这些景象，在我的印象里淡淡冲过，一个强烈的声音，在我心里叩问：人民哩，他们的生活怎样了？

我利用过去的关系，访问了几个家庭。我在这里教书时，那些穷苦的孩子，那些衣衫破烂羞于见老师的孩子，很多还在火线上。他们的父母，很久才认出是我，热情真挚地和我诉说了这十年的同口镇的经历，并说明他们的孩子，都是二十几岁的人了，当着营长或教导员。他们忠厚地感激我是他们的先生，曾经教育了他们。我说：我能教给他们什么呢，是他们教育了自己，是贫苦教育了他们。他们的父兄，代替了那些绅士地主，负责了村里的工作，虽然因为复杂，工作上有很多难题，可是具备无限的勇气和热心，这也是贫苦的一生教育了他们。

那些过去的军阀、地主、豪绅，则有的困死平津，有的仍纵欲南京上海，有的已被清算。他们那些深宅大院，则多半为敌人在时拆毁。敌人在有名的"二班"家的游息花园修筑了炮楼，利用了宅内可用的一切，甚至那里埋藏着的七具柏树棺木。村民没有动用他们的一砖一瓦，许多贫民还住在那低矮的小屋里。

过去，我虽然是本村高级小学的教员，但也没有身份去到陈调元大军阀的公馆观光，只在黄昏野外散步的时候，看着那青砖红墙，使我想起了北平的景山前街。那是一座皇宫，至少是一座王爷府。他竟从远远的地方，引来电流，使全宅院通宵火亮，对于那在低暗的小屋子里生活的人民是一种威胁、一种镇压。

谁能知道一个村庄出产这样一个人物在同村的男女中间会引起什么心理上的影响？但知道，在那个时候虽然是这样的势派气焰，农民却很少提起陈调元，农民知道把自己同这些人划分开。

土地改革后，没有房住的贫苦军属，住进了陈调元的住宅，我觉得这时可以进去看看了。我进了大门，那些穷人都一家家的住在陈宅的厢房里、下房里，宽敞的五截正房都空着。我问那些农民，为什么不住正房。他们说住不惯那么大的房子，那住起来太空也太冷。这些房子原来设备的电灯、木器、床帐，都被日本毁坏了。穷人们把自家带来的破布门帘挂在那样华贵的门框上，用柴草堵上窗子。院里堆着苇子，在方砖和洋灰铺成的院子里，晒着太阳织席。他们按着他们多年的劳动生活的习惯，安置了他们的房间，利用了这个院子。

他们都分得了地种，从这村一家地主，就清算出几十顷苇田。我也到了几家过去的地主家里，他们接待我，显然还是习惯的冷漠，但他们也向我抱怨了村干部，哭了穷。但据我实际了解，他们这被清算了的，比那些分得果实的人，生活还好得多。从这一切的地方可以看出，从房舍内，他们的墙上，还有那些鲜艳的美女画片，炕上的被褥还是红红绿绿，那些青年妇女，脸上还擦着脂粉，在人面前走过，不以为羞。我从南几县走过来，我很少看见擦脂抹粉的人了。

这些脂粉，可以说是残余的东西，如同她们脚下那些缎"花鞋"。但证明，农民并没有清算得她们过分。土地改革了，但在风雪的淀里咚咚打冰的，在泥泞的街上坐着织席的，还是那些原来就贫穷的人，和他们的孩子们。而这些地主的儿子，则还有好些长袍大褂，游游荡荡在大街上和那些声气相投的妇女勾勾搭搭。我觉得这和过去我所习见的地主子弟并没有分别，应该转变学习劳动，又向谁诉的什么苦！

进步了的富农，则在尽力转变着生活方式。陈乔同志的父亲母亲妹妹在昼夜不息地卷着纸烟，还自己成立了一个烟社，有了牌号。我吸了几支，的确不错。他家没有劳动力，卖出了一些地，干起这个营生，生活很是富裕。我想，这种家庭生活的进步，很可告慰我那在远方工作的友人。

1947 年 5 月于端村

在阜平

——《白洋淀纪事》重印散记

中国青年出版社要重印《白洋淀纪事》。这本书是由过去几本小书合成的,而小书根据的原件,又多是战争年月的油印、石印或抄写本,不清晰,错字多。合印时,我在病中,未能亲自校对,上次重印,虽说"自校一过",也只是着重校了书的上半部。

这本集子最初是由一位老战友协同出版社编辑的,采用了倒编年的办法,即把后写的排在前,而先写的列在后;这当然有他们不可非议的想法,是一种好意。

这次重校,是从书的最后一篇,倒溯上去。实际上就是顺着写作年月看下去,好像又从原来的出发点开始,把过去走过的路,重新旅行了一次,不只对路上的一山一水、一石一树,都感到亲切,在行走中间,也时时有所感触。

1939年春天,我从冀中平原调到阜平一带山地,分配在晋察冀通讯社工作。这是新成立的一个机关,其中的干部,多半是刚刚从抗大毕业的学生。

通讯社在城南庄,这是阜平县的大镇。周围除去山,就是河滩沙石。我们住在一家店铺的大宅院里。我的日常工作是作"通讯指导",每天给各地新发展的通讯员写信,最多可写到七八十封。现在已经记不起写的是什么内容。此外,我编写了一本供通讯员学习的材料,堂皇的题目叫作:《论通讯员及通讯写作诸问题》,可能是东抄西凑吧。不久铅印出版,是当时晋察冀少有的铅印书之一,可惜现在找不到了。①

在这一期间,我认识了当代一些英才彦俊,抗日风暴中的众多歌手。伟大的抗日战争,把祖国各地各个角落的有志有为的青年,召唤到民族革命战争的前线。每天有成千上万的青年奔向前方,他们是国家一代的精华、蕴藏多年的火种,他们为抗日献出了青春的才力,无数人献出了生命。

这个通讯社成立时有十几个人,不到几年,就牺牲了包括陈辉、仓夷、叶烨在内的,好几位才华洋溢的青年诗人。在暴风雨中,他们的歌声,他们跃进的步伐,永不磨灭地存在一个时代和我个人的记忆之中。

机关不久就转移到平阳附近的三将台。这是一个建筑在高山坡上,面临一条河滩的,只有十几户人家的小村子。到这个村子不久,我被派到雁北地区作了一次随军采访,回来就过春节了。这还是我第一次离开家乡过春节,东望硝烟弥漫的冀中平原,心情十分沉重。

大年三十晚上,我的房东,端了一个黑粗瓷饭碗,拿了一双荆树条做的筷子,到我住的屋里,恭恭敬敬地放在炕沿上,说:

"尝尝吧。"

---

① 已经找到了。见孙犁《如云集·一本小书的发现》一文。

那碗里是一方白豆腐，上面是一撮烂酸菜，再上面是一个窝窝头，还在冒热气。我以极其感动的心情，接受了他的馈送。

房东是一个五十来岁的单身汉，他那干黑的脸、迟滞的眼神、带些愁苦的笑容以及暴露粗筋的大手，这在冀中我是见惯了的，一些穷苦的中年人，大都如此。这里的生活，比起冀中来就更苦，他们成年累月地吃糠咽菜，每家院子里放着几只高与人齐的大缸，里面泡满了几乎所有可以摘到手的树叶。在我们家乡，荒年时只吃榆树、柳树的嫩叶，他们这里是连杏树、杨树甚至蓖麻的大叶子，都拿回来泡在缸里。上面压上几块大石头，风吹日晒雨淋，夏天，蛆虫顺着缸沿到处爬。吃的时候，切成碎块，拿到河里去淘洗，回来放上一点盐。

今天的酸菜是白萝卜的缨子，这是只有过年过节才肯吃的。

我们在这村里，编辑一种油印的刊物《文艺通讯》。一位梁同志管刻写。印刷、折叠、装订、发行，我们俩共同做。他是一个中年人，曲阳口音，好像是从区里调来的。那时，虽说是五湖四海，却很少互问郡望。他很少说话，没事就拿起烟斗，坐在炕上抽烟。他的铺盖很整齐，离家近的缘故吧，除去被子，还有褥子枕头之类。后来，他要调到别处去，为了纪念我们这一段共事，他把一块铺在身下的油布送给了我。这对我当然是很需要的，因为我只有一条被，一直睡在没有席子的炕上。但也享受了不久，一次行军，中午躺在路边大石头上休息，把油布铺在下面，一觉醒来，爬起来就赶路，把油布丢了。

晚上，我还帮助一位姓李的女同志办识字班。她是一位热情、美丽、善良的青年，经过她的努力，把新的革命的文化，带给了这个偏僻落后的小村庄，并且因为我们的机关驻在这里，它不久就成为边区文化的一个中心。

阜平一带，号称穷山恶水。在这片炮火连天的大地上，随时可以看到：一家农民，住在高高的向阳山坡上，他把房前房后、房左房右，高高低低的、大大小小的，凡是有泥土的地方，都因地制宜，栽上庄稼。到秋天，各处有各处的收获。于是，在他的房顶上面、屋檐下面、门框和窗棂上，挂满了红的、黄的粮穗和瓜果。当时，党领导我们在这片土地上工作的情形，就是如此。

山下的河滩不广，周围的芦苇不高。泉水不深，但很清澈，冬夏不竭，鱼儿们欢畅地游着、追逐着。山顶上，光秃秃的，树枯草白，但也有秋虫繁响，很多石鸡、鹧鸪飞动着，孕育着，自得其乐地唱和着，山兔狍獐忽然出现又忽然消失。

当时，我们在这里工作，天地虽小，但团结一致，情绪高涨；生活虽说艰苦，但工作效率很高。

我非常怀念经历过的那一个时代，生活过的那些村庄，作为伙伴的那些战士和人民。我非常怀念那时走过的路，踏过的石块，越过的小溪。记得那些风雪、泥泞、饥寒、惊扰和胜利的欢乐，同志们兄弟一般的感情。

在这一地区，随着征战的路，开始了我的文学的路。我写了一些短小的文章，发表在那时在艰难条件下出版的报纸期刊上。它们都是时代的仓促的记录，有些近于原始材料。有所闻见，有所感触，立刻就表现出来，是璞不是玉。生活就像那时走在崎岖的山路上，随手可以拾到的碎小石块，随便向哪里一碰，都可以迸射出火花来。

"四人帮"当路的年代，我的书的遭遇如同我的本身。有人也曾劝我把《白洋淀纪事》改一改，我几乎没加思考地拒绝了。如果按照"四人帮"的立场、观点、方法，还有他们那一套语言，去篡改抗日战争，那不只有悖于历史，也有昧于天良。我宁可沉默。

真正的历史，是血写的书，抗日战争也是如此。真诚的回忆，将是明月的照临、清风的吹拂，它不容有迷雾和尘沙的干扰。面对祖国的伟大河山，循迹我们漫长的征途：我们无愧于党的原则和党的教导吗？

无愧于这一带的土地和人民对我们的支援吗?无愧于同志、朋友和伙伴们在战斗中形成的情谊吗?

1977 年 9 月 18 日

保定旧事

我的家乡，距离保定，有一百八十里路。我跟随父亲在安国县，这样就缩短了六十里路。去保定上学，总是雇单套骡车，三个或两个同学，合雇一辆。车是前一天定好，刚过半夜，车夫就来打门了。他们一般是很守信用，绝不会误了客人行程的。于是抱行李上车。在路上，如果你高兴，车夫可以给你讲故事；如果你困了，要睡觉，他便停止，也坐在车前沿，抱着鞭子睡起来。这种旅行，虽在深夜，也不会迷失路途。因为学生们开学，路上的车，连成了一条长龙。牲口也是熟路，前边停下，它也停下；前边走了，它也跟着走起来，这样一直走到唐河渡口，天也就大亮了。如果是春冬天，在渡口也不会耽搁多久。车从草桥上过去，桥头上站着一个人，一边和车夫们开着玩笑，一边敲讹着学生们的过路钱。

中午，在温仁或是南大冉打尖。一进街口，便有望不到头的各式各样的笊篱，挂在大街两旁的店门口。店伙计们站在门口，喊叫着，招呼着，甚至拦截着，请车辆到他的店中去。但是，这不会酿成很大的混乱，也不会因为争夺生意，互相吵闹起来。因为店伙计们和车夫们都心中有数，谁是哪家的主顾，这是一生一世，也不会轻易忘情和发生变异的。

一进要停车打尖的村口，车夫们便都神气起来。那种神气是没法形容的，只有用他们的行话，才能说明万一。这就是那句社会上公认的俗语："车喝儿进店，给个知县也不干！"

确实如此，车夫把车喝住，把鞭子往车座上一插，便什么也不管，径到柜房，洗脸、喝茶、吃饭去了。一切由店伙代劳。酒饭钱、牲口草料钱，自然是从乘客的饭钱中代付了。

牲口、人吃饱了，喝足了，连知县都不想干的车夫们，一个个喝得醉醺醺的，蜂拥着从柜房出来，催客人上路。其实，客人们早就等急了，天也不早了。这时，人欢马腾，一辆辆车赶得要飞起来，车夫坐在车上，笑嘻嘻地回头对客人说：

"先生，着什么急？这是去上学，又不是回家，有媳妇等着你！"

"你该着急呀，"一些年岁大的客人说，"保定府，你有相好的吧！"

"那误不了，上灯以前赶到就行！"车夫笑着说。

一进校门，便是黄卷青灯的生活。

这是一所私立中学，设在西关外一条南北街上。这是一条很荒凉的小街道，但庄严地坐落着一所大学和两所中等学校。此外，就只有几家小饭铺、三两处糖摊。

整个保定的街道，都是坑坑洼洼、尘土飞扬的。那时谁也没想过，这个府城为什么这样荒凉、这样破旧、这样萧条。也没有谁想到去建设它，或是把它修整修整。谁也没有去注意这个城市的市政机关设在哪里，也看不到一个清扫街道的工人。

从学校进城去，还有一条斜着通到西门的坎坷的土马路，走过一座卖包子和罩火烧的小楼，便是护城河的石桥。秋冬风沙大，接近城门时，从门洞刮出的风又冷又烈，就得侧着身子或背着身子走。在转身的一刹那，常常会看到，在城门一边的墙上，挂着一个小木笼，这就是在那个年代，视为平常的，被灰尘蒙盖了的，血肉模糊的示众的首级。

经常有些杂牌军队，在西关火车站驻防。星期天，在石桥旁边那家澡堂里，可以看到好多军人洗澡。在马路上，三两成群的外出士兵，一般都不携带枪支，而是把宽厚的皮带握在手里。黄昏的时候，常常有全副武装的一小队人，匆匆忙忙在街上冲过，最前边的一个人，抱着灵牌一样的纸糊大令。城门上悬挂的物件，就全是他们的作品。

如果遇到什么特别重要的人物来了，比如当时的张学良，则临时戒严，街上行人，一律面向墙壁，背后排列着也是面向墙壁的持枪士兵。

这个城市，就靠几所学校维持着，成为中国北方除北平以外著名的文化古城。

如果不是星期天，城里那条最主要的街道——西大街上，是很少行人的。两旁店铺的门，有的虚掩着，有的干脆就关闭。有名的市场"马号"里，游人也是寥寥无几。这个市场，高高低低，非常阴暗。各个小铺子里的店员们，呆呆地站在柜台旁边，有的就靠着柜台睡着了。

只有南门外大街上，几家小铁器铺里，传出叮叮当当的响声；另外，从西关水磨那里，传来哗哗的流水声。此外，这就是一座灰色的，没有声音的，城南那座曹锟花园，也没有几个游人的，窒息了的城市。

那时候，只是一家单纯的富农，还不能供给一个中学生；一家普通地主，不能供给一个大学生。必须都兼有商业资本或其他收入。这样，在很长时间里，文化和剥削，发生着不可分割的关联。

这所私立的中学，一个学生一年要交三十六元的学费（买书在外）。那时，农民出售三十斤一斗的小麦，也不过收入一元多钱。

这所中学，不只在保定，在整个华北也是有名的。它不惜重金，礼聘有名望的教员；它的毕业生，成为天津北洋大学录取新生的一个主要来源。同时，不惜工本，培养运动员。北平师范大学体育系，每期差不多由它包办了。它是在篮球场上，一度成为舞台上的梅兰芳那样的明星——王玉增的母校。

它也是从它这里培养，去法国勤工俭学，归来后成为一代著名人物的那些人的母校。

当我进校的时候，它还附设着一个铁工厂，又和化学教员合办了一个制革厂，都没有什么生意，学生也不到那里去劳动，勤工俭学，已经名存实亡了。

学校从操场的西南角，划出一片地方，临着街盖了一排教室，办了一所平民学校。

在我上高二的时候，我有一个要好的同班生，被学校任命为平民学校的校长。他见我经常在校刊上发表小说，就约我去教女高小二年级的国文。

被教育了这么些年，一旦要去教育别人，确是很新鲜的事。听到上课的铃声，抱着书本和教具，从教员预备室里出来，严肃认真地走进教室。教室很小，学生也不多，只有五六个人。她们肃静地站立起来，认真地行着礼。

平民学校的对门，就是保定第二师范。在那灰色的大围墙里面，它的学生们，正在进行实验苏维埃的红色革命。国家民族处在生死存亡危急的关头，"九一八""一·二八"事变，在学生平静的读书生活里，像投下两颗炸弹，许多重大迫切的问题，涌到青年们的眼前，要求每个人做出解答。

我写了韩国志士谋求独立的剧本，给学生们讲了法国和波兰的爱国小说，后来又讲了十月革命的短篇作品。

班长王淑珍，坐在最前排中间位子上。每当我进来，她喊着口令，声音沉稳而略带沙哑。她身材矮小，面孔很白，眼睛在她那小而有些下尖的脸盘上，显得特别的黑和特别的大。油黑的短头发，分下来紧紧贴在两鬓上。嘴很小，下唇丰厚，说话的时候，总带着轻微的笑。

她非常聪明，各门功课都是出类拔萃的，大楷和绘画，我是望尘莫及的。她的作文，紧紧吻合着时代，以及我教课的思想和感情。有说不完的意思，她就写很长的信，寄到我的学校，和我讨论，要我解答。

我们的校长，曾经跟随过孙中山先生，后来，有人说他成了国家主义派，专门办教育了。他住在学校第二层院的正房里。学校原是由一座旧庙改建的，他所住的，就是庙宇的正殿。他是道貌岸然的，长年袍褂不离身。很少看见他和人谈笑，却常常看到他在那小小的庭院里散步，也只是限于他门前那一点点地方。1927年以后，每次周会，能在大饭堂听到他的清楚简短的讲话。

训育主任的办公室，设在学生出入必须经过的走廊里。他坐在办公桌上，就可以对出入学校大门的人，一览无余。他觉得这还不够，几乎无时不在那一丈多长的走廊中间，来回踱步。师道尊严，尤其是训育主任，左规右矩，走路都要给学生做出楷模。他高个子，西服革履，一脸杀气——据说曾当过连长，眼睛平直前望，一步迈出去，那种慢劲和造作劲，和仙鹤完全一样。

他的办公室的对面，是学生信架。每天下午课后，学生们到这里来，看有没有自己的信件。有一天，训育主任把我叫到他的办公室，用简短客气的话语，免去了我在平校的教职。显然是王淑珍的信出了毛病。

我的讲室，在面对操场的那座二层楼上。每次课间休息，我们都到走廊上，看操场上的学生们玩球。平校的小小院落，看得很清楚。随着下课铃响，我看见王淑珍站在她的课堂门前的台阶上，用忧郁的、大胆的、厚意深情的目光，投向我们的大楼之上。如果是下午，阳光直射在她的身上，她不顾同学们从她身边跑进跑出，直到上课的铃声响完，她才最后一个转身进入教室。

我从农村来，当时不太了解王淑珍的家庭生活。后来我才知道，这叫作城市贫民。她的祖先，不知在一种什么境遇下，在这个城市住了下来，目前生活是很穷困的了。她的母亲，只能把她押在那变化无常的，难以捉摸的，生活或者叫作命运的棋盘上。

城市贫民和农村的贫农不一样。城市贫民，如果他的祖先阔气过，那就要照顾生活的体面。特别是一个女孩子，她在家里可以吃不饱，但出门之时，就要有一件像样的衣服穿在身上。如果在冬天，就还要有一条宽大漂亮的毛线围巾，披在肩头。

当她因为眼病，住了西关思罗医院的时候，我又知道她家是教民，这当然也是为了得到生活上的救济。我到医院去看望了她，她用纱布包裹着双眼，像捉迷藏一样。她母亲看见我，就到外边投东西去了。在那间小房子里，王淑珍对我说了情深意长的话。医院的人来叫她去换药，我也告辞，她走到医院大楼的门口，回过身来，背靠着墙，向我的方位站了一会儿。

这座医院，是一座外国人办的医院，它有一带大围墙，围墙以内就成了殖民地。我顺着围墙往外走，经过一片杨树林。有一个小教民，背着柴筐从对面走来，向我举起拳头示威。是怕我和他争夺秋天的败枝落叶呢，还是意识到主子是外国人，自己也高人一等？

王淑珍和我年岁相差不多，她竟把我当作师长，在茫茫的人生原野上，希望我能指引给她一条正确的路。我很惭愧，我不是先知先觉，我很平庸，不能引导别人，自己也正在苦恼地从书本和实践中探索。训育主任，想叫学生循着他所规定的，像操场上田径比赛时，用白粉划定的跑道前进，这也是不可能的。时代和生活的波涛，不断起伏。在抗日大浪潮的推动下，我离开了保定，到了距离她很远的地方。

我不知道，生活把王淑珍推到了什么地方，我想她现在一定生活得很幸福。

那种苦雨愁城、枯柳败絮的印象，很自然地一扫而光。

1977 年 3 月

猫鼠的故事

目前,我屋里的耗子多极了。白天,我在桌前坐着看书或写字,它们就在桌下来回游动,好像并不怕人。有时,看样子我一跺脚就可以把它踩死,它却飞快跑走了。夜晚,我躺在床上,偶一开灯,就看见三五成群的耗子,在地板、墙根串游,有的甚至钻到我的火炉下面去取暖,我也无可奈何。

有朋友劝我养一只猫。我说,不顶事。

这个都市的猫是不拿耗子的。这里的人们养猫,是为了玩,并不是为了叫它捉耗子,所以耗子方得如此猖獗。这里养猫,就像养花种草、玩字画古董一样,把猫的本能给玩得无影无踪了。

我有一位邻居,也是老干部,他养着一只黄猫,据说品种花色都很讲究。每日三餐,非鱼即肉,有时还喂牛奶。三日一梳毛,五日一沐浴。每天抱在怀里抚摩着,亲吻着。夜晚,猫的窝里,有铺的,有盖的,都是特制的小被褥。

这样养了十几年,猫也老了,偶尔下地走走,有些蹒跚迟钝。它从来不知耗子为何物,更不用说有捕捉之志了。

我还是选用了我们原始祖先发明的捕鼠工具:夹子。支的得法,每天可以打住一只或两只。

我把死鼠埋到花盆里去。朋友问我为什么不送给院里养猫的人家。我说:这里的猫,不只不捉耗子,而且不吃耗子。

这是不久以前的经验教训。我打住了一只耗子,好心好意送给邻居,说:"叫你家的猫吃了吧。"

主人冷冷地说:"那上面有跳蚤,我们的猫怕传染。如果是吃了耗子药,那就更麻烦。"

我只好提了回来,埋在地里。

又过了不久,终于出现了以下如果不是我亲眼所见,一定有人会认为是造谣的场面。

有一家,在阳台上盛杂物的筐里,发现了一窝耗子,一群孩子呼叫着:"快去抱一只猫来,快去抱一只猫来!"

正赶上老干部抱着猫在阳台上散步,他忽然动了试一试的兴致,自告奋勇,把猫抱到了筐前,孩子们一齐呐喊:"猫来了,猫来捉耗子了!"

老人把猫往筐里一放,猫跳出来。再放再跳,三放三跳,终于逃回家去了。

孩子们大失所望,一齐喊:"废物猫,猫废物!"

老人的脸红了。他跑到家里,又把猫抱回来,硬把它按进筐里,不松手。谁知道,猫没有去咬耗子,耗子却不客气,把老干部的手指咬伤,鲜血淋漓,只好先到卫生所,去进行包扎。

群儿大笑不止。其实这无足奇怪,因为这只老猫,从来不认识耗子,它见了耗子实在有些害怕。

十年动乱期间,我曾回到老家,住在侄子家里。那一年收成不好,耗子却很多。侄子从别人家要来一只尚未断奶的小猫,又舍不得喂它。小猫枯瘦如柴,走路都不稳当。有一天,我看见它从立柜下面,连续拖出两只比它的身体还长一段的大耗子,找了个背静地方全吃了。这就叫充分发挥了猫的本能。

其实,这个大都市,猫是很多的。我住的是个大杂院,每天夜里,猫叫为灾。乡下的猫,是二八月到房顶上交尾,这里的猫,不分季节,冬夏常青。也不分场合,每天夜里,房上房下,窗前门后,互相追逐,互相呼叫,那声音悲惨凄厉,难听极了:有时像狼,有时像枭,有时像泼妇刁婆,有时像流氓混混儿。直至天明,还不停息。早起散步,还看见一院子是猫,发情求配不已。

这样多的猫在院里,那样多的耗子在屋里,这也算是一种矛盾现象吧?

城狐社鼠,自古并称。其实,狐之为害,远不及鼠。鼠形体小,而繁殖众,又密迩人事,投之则忌器,药之恐误伤,遂使此蕞尔细物,子孙繁衍,为害无止境。幼年在农村,闻父老言,捕田鼠缝闭其肛门,纵入家鼠洞内,可尽除家鼠。但做此种手术,易被咬伤手指,终于未曾实验。

1983年4月5日

服装的故事

我远不是什么纨绔子弟，但靠着勤劳的母亲纺线织布，粗布棉衣，到是总有的。深感到布匹的艰难，是在抗战时参加革命以后。

1939年春天，我从冀中平原到阜平一带山区，那里因为不能种植棉花，布匹很缺。过了夏季，渐渐秋凉，我们什么装备也还没有。我从冀中背来一件夹袍，同来的一位同志多才多艺，他从老乡那里借来一把剪刀，把它裁开，缝成两条夹裤，铺在没有席子的土炕上。这使我第一次感到布匹的难得和可贵。

那时我在新成立的晋察冀通讯社工作。冬季，我被派往雁北地区采访。雁北地区，就是雁门关以北的地区，是冰天雪地，大雁也不往那儿飞的地方。我穿的是一身粗布棉袄裤，我身材高，脚腕和手腕，都有很大部位暴露在外面。每天清早在大山脚下集合，寒风凛冽。有一天在部队出发时，一同采访的一位同志把他从冀中带来的一件日本军队的黄呢大衣，在风地里脱下来，给我穿在身上。我第一次感到了战斗伙伴的关怀和温暖。

1941年冬天，我回到冀中，有同志送给我一件狗皮大衣筒子。军队夜间转移，远近狗叫，就会暴露自己。冀中区的群众，几天之内，就把所有的狗都打死了。我把皮子拿回家去，我的爱人，用她织染的黑粗布，给我做了一件短皮袄。因为狗皮太厚，做起来很吃力，有几次把她的手扎伤。我回路西的时候，就珍重地带它过了铁路。

1943年冬季，敌人在晋察冀边区"扫荡"了整整三个月。第二年开春，我刚刚从山西的繁峙一带回到阜平，就奉命整装待发去延安。当时，要领单衣，把棉衣换下。因为我去晚了，所有的男衣已发完，只剩下带大襟的女衣，没有办法，领下来。这种单衣的颜色，是用土靛染的，非常鲜艳，在山地名叫"月白"。因是女衣，在宿舍换衣服时，我犹豫了，这穿在身上像话吗？

忽然有两个女学生进来——我那时在华北联大高中班教书。她们带着剪刀针线，立即把这件女衣的大襟撕下，缝成一个翻领，然后把对襟部位缝好，变成了一件非常时髦的大翻领钻头衬衫。她们看着我穿在身上，然后拍手笑笑走了，也不知道是赞美她们的手艺，还是嘲笑我的形象。

然后，我们就在枣树林里站队出发。

这一队人马，走在去往革命圣地延安的漫长而崎岖的路上，朝霞晚霞映在我们鲜艳的服装上。如果叫现在城市的人看到，一定要认为是奇装异服了。或者只看我的描写，以为我在有意歪曲、丑化八路军的形象。但那时山地群众并不以为怪，因为他们在村里村外常常看到穿这种便衣的工作人员。

路经盂县，正在那里下乡工作的一位同志，在一个要道口上迎接我，给我送行。初春，山地的清晨，草木之上，还有霜雪。显然他已经在那里等了很久，浓黑的鬓发上，也挂有一些白霜。他在我们行进的队伍旁边，和我握手告别，说了很简短的话。

应该补充，在我携带的行李中间，还有他的一件日本军用皮大衣，是他过去随军工作时，获得的战利品。在当时，这是很难得的东西。大衣做得坚实讲究：皮领，雨布面，上身是丝绵，下身是羊皮，袖子是长毛绒。羊皮之上，还带着敌人的血迹。原来坚壁在房东家里，这次出发前，我考虑到延安天气冷，去找我那件皮衣，找不到，就把他的拿起来。

初夏，我们到绥德，休整了五天。我到山沟里洗了个澡。这是条向阳的山沟，小河的流水很温暖，水冲激着沙石，发出清越的声音。我躺在河中间一块平滑的大石板上，温柔的水，从我的头部胸部腿部流过去，细小的沙石常常冲到我的口中。我把女同学们给我做的衬衣，洗好晾在石头上，干了再穿。

我们队长到晋绥军区去联络，回来对我说：吕正操司令员要我到他那里去。一天上午，我就穿着这样一身服装，到了他那庄严的司令部。那件艰难携带了几千里路的大衣，到延安不久，就因为一次山洪暴发，同我所有的衣物，卷到延河里去了。

这次水灾以后，领导上给我发了新的装备，包括一套羊毛棉衣。这种棉衣当然不错，不过有个缺点，穿几天，里面的羊毛就往下坠，上半身成了夹的，下半身则非常臃肿。和我一同到延安去的一位同志，要随王震将军南下，他们发的是絮棉花的棉衣。他告诉我路过桥儿沟的时间，叫我披着我那件羊毛棉衣，在街口等他，当他在那里走过的时候，我们俩"走马换衣"，他把那件难得的真正棉衣换给了我。因为既是南下，越走天气越暖和。

这年冬季，女同学们又把我的一条棉褥里的棉花取出来，把我的棉裤里的羊毛换进去，于是我又有了一条名副其实的棉裤。她们又给我打了一双羊毛线袜和一条很窄小的围巾，使我温暖愉快地过了这一个冬天。

这时,一位同志新从敌后到了延安,他身上穿的竟是我那件狗皮袄,说是另一位同志先穿了一阵,然后转送给他的。

1945年8月,日本投降,我们又从延安出发,我被派作前站,给女同志们赶了很长一段时间的毛驴。那些婴儿,装在两个荆条筐里,挂在母亲们的两边。小毛驴一走一颠,母亲们的身体一摇一摆,孩子们像燕雏一样,从筐里探出头来,呼喊着,玩闹着,和母亲们爱抚的声音混在一起,震荡着漫长的欢乐的旅途。

冬季我们到了张家口,晋察冀的老同志们开会欢迎我们,穿戴都很整齐。一位同志看我还是只有一身粗布棉袄裤,就给我一些钱,叫我到小市去添补一些衣物。后来我回冀中,到了宣化,又从一位同志的床上,扯走一件日本军官的黄呢斗篷,走了整整十四天,到了老家,披着这件奇形怪状的衣服,与久别的家人见了面。这仅仅是记得起来的一些,至于战争年代里房东老大娘、大嫂、姐妹们为我做鞋做袜、缝缝补补,那就更是一时说不完了。

我们在和日本帝国主义、蒋帮作战的时候,穿的就是这样。但比起上一代的老红军战士,我们的物质条件就算好得多了。

穿着这些单薄的衣服,我们奋勇向前。现在,那些刺骨的寒风,不再吹在我的身上,但仍然吹过我的心头。其中有雁门关外挟着冰雪的风,有冀中平原卷着黄沙的风,有延河两岸虽是严冬也有些温暖的风。我们穿着这些单薄的衣服,在冰冻石滑的山路上攀登,在深雪中滚爬,在激流中强渡。有时夜雾四塞,晨霜压身,但我们方向明确,太阳一出,歌声又起。

1977年11月26日改完

钢笔的故事

我在小学时，写字都是用毛笔。上初中时，开始用蘸水钢笔尖。到高中时，阔气一点的同学，已经有不少人用自来水笔，是从美国进口的一种黑杆自来水笔，买一支要五元大洋。我的家境不行，但年轻时，也好赶时髦。我有一个同班同学，叫张砚方，他的父亲是个军官，张砚方写得一手好魏碑字，这时已改用自来水笔，钢笔字还带有郑文公的风韵。他慷慨地借给了我五元钱，使我顺利地进入了使用自来水笔的行列。钢笔借款，使我心里很不安，又不敢向家里去要，直到张砚方大学毕业时，不愿写毕业论文，把我写的一篇《同路人文学论》拿去交卷，我才轻松了下来。其实我那篇文章，即使投稿也不会中选，更不用说得什么评论奖了。

这支钢笔，作为宝贵财产，在抗日战争时期，家里人把它埋藏在草屋里。我已经离开家乡到山里去了。我家喂着一头老黄牛，有一天长工清扫牛槽时，发现了这支钢笔。因为是塑料制造，不是味道，老牛咀嚼很久，还是把它吐了出来。

在山里，我又用起钢笔尖，用秫秸做笔杆。那时就是钢笔尖，也很难买到，都是经过小贩，从敌占区弄来的。有一次，我从一个同志的桌上，拿了一个新钢笔尖用，惹得这个同志很不高兴。

就是用这种钢笔，在山区，我还是写了不少文章，原始工具，并不妨碍文思。

抗日战争胜利，我回到了冀中。先是杨循同志送我一支自来水笔，后来，邓康同志又送我一支。我把老杨送我的一支，送给了老秦。

不久，实行土改，我的家是富农，财产被平分。家里只有老母、弱妻和几个小孩子，没有劳力，生活很困难。我先是用自行车带着大女孩子下乡，住在老乡家里。女孩子跟老太太们一块纺线，有时还同孩子们到地里拾些花生、庄稼。后来，政策越来越严格，小孩子不能再吃公粮，我只好把她送回家去。因家庭成分不好，我有多半年不能回家。有一次回家，看见大女孩子，一个人站在屋后的深水里割高粱，我只好放下车子，挽起裤子，帮她去干活。

回到家里，一家人都在为今后的生活发愁。我告诉他们，周而复同志给我编了一本集子，在香港出版，托周扬同志给我带来了几十元稿费。现在我不能带钱回家，我已经托房东，籴了三斗小米，以后政策缓和了，可以运回来。这一番话，并不能解除家人的忧虑。妻说，三斗小米够吃几天，哪里是长远之计。

我又说，我身上还有一支钢笔，这支钢笔是外国货，可以卖些钱。你们做个小本买卖，比如说卖豆菜，还可以维持一段时间。家人未加可否。

这都是杞人之忧，解放战争进行得出人意料地顺利，不久我就随军进入天津，忧虑也随之云消雾散。

进城以后，我买了一支大金星钢笔，笔杆很粗，很好用，用了很多年，写了不少字。稿费多了，有人劝我买一支美国派克笔。我这人经不起人劝说，就托机关的一位买办同志，去买了一支，也忘记花了多少钱。"文化大革命"，这是一条。群众批判说：国产钢笔就不能写字？为什么要用外国笔？我觉得说得也是，就检讨说：文章写得好不好，确实不在用什么笔。群众说，检讨得不错。

其实，这支钢笔，我一直没有用过。我这个人小气，不大方，有什么好东西，总是放着，割舍不得用。抄家时抄去了，后来又发还了，还是锁在柜子里。此生此世，我恐怕不会用它了。现在，机关每年要发一支钢笔，我的笔筒里已经存放着好几支了。

1985 年 4 月 11 日

黄 鹂

——病期琐事

这种鸟儿,在我的家乡好像很少见。童年时,我很迷恋过一阵捕捉鸟儿的勾当。但是,无论春末夏初在麦苗地或油菜地里追逐红靛儿,或是天高气爽的秋季,奔跑在柳树下面网罗虎不拉儿的时候,都好像没有见过这种鸟儿。它既不在我那小小的村庄后边高大的白杨树上同鹥鸡儿一同鸣叫,也不在村南边那片神秘的大苇塘里和苇咋儿一块筑窠。

初次见到它,是在阜平县的山村。那是抗日战争期间,在不断的炮火洗礼中,有时清晨起来,在茅屋后面或是山脚下的丛林里,我听到了黄鹂的尖厉的富有召唤性和启发性的啼叫。可是,它们飞起来,迅若流星,在密密的树枝树叶里忽隐忽现,常常是在我仰视的眼前一闪而过,金黄的羽毛上映照着阳光,美丽极了,想多看一眼都很困难。

因为职业的关系,我对于美的事物的追求,真是有些奇怪,有时简直近于一种狂热。在战争不暇的日子里,这种观察飞禽走兽的闲情逸致，不知对我的身心情感，起着什么性质的影响。

前几年，终于病了。为了疗养，来到了多年向往的青岛。春天，我移居到离海边很近，只隔着一片杨树林洼地的一幢小楼房里。有很长的一段时间，我一个人住在这里。清晨黄昏，我常常到那杨树林里散步。有一天，我发现有两只黄鹂飞来了。

这一次，它们好像喜爱这里的林木深密幽静，也好像是要在这里产卵孵雏，并不匆匆离开，大有在这里安家落户的意思。

每天，天一发亮，我听到它们的叫声，就轻轻打开窗帘，从楼上可以看见它们互相追逐，互相逗闹，有时候看得淋漓尽致，对我来说，这真是饱享眼福了。

观赏黄鹂，竟成了我的一种日课。一听到它们叫唤，心里就很高兴，视线也就转到杨树上，我很担心它们一旦要离此他去。这里是很安静的，甚至有些近于荒凉，它们也许会安心居住下去的。我在树林里徘徊着、仰望着，有时坐在小石凳上谛听着，但总找不到它们的窠巢所在。它们是怎样安排自己的住室和产房的呢？

一天清晨，我又到树林里散步，和我患同一种病症的史同志手里拿着一支猎枪，正在瞄准树上。

"打什么鸟儿？"我赶紧过去问。

"打黄鹂！"老史兴致勃勃地说，"你看看我的枪法。"

这时候，我不想欣赏他的枪技，我但愿他的枪法不准。他瞄了一会儿，黄鹂发觉飞走了。乘此机会，我以老病友的资格，请他不要射击黄鹂，因为我很喜欢这种鸟儿。

我很感激老史同志对友谊的尊重。他立刻答应了我的要求，没有丝毫不平之气。并且说："养病么，喜欢什么就多看看、多听听。"

这是真诚的同病相怜。他玩猎枪，也是为了养病，能在兴头儿上照顾旁人，这种品质不是很难得吗？

有一次，在东海岸的长堤上，一位穿皮大衣戴皮帽的中年人，只是为了讨取身边女朋友的一笑，就开枪射死了一只回翔在天空的海鸥。一群海鸥受惊远顾，被射死的海鸥落在海面上，被怒涛拍击漂卷。胜利品无法取到，那位女人请在海面上操作的海带培养工人帮助打捞，工人们愤怒地掉头划船而去。这给我留下了深刻的印象。回到房子里，无可奈何地写了几句诗，也终于没有完成，因为契诃夫在好几种作品里写到了这种人，我的笔墨又怎能更多地为他们的业绩生色？在他们的房间里，只挂着契诃夫为他们写的褒词就够了。

惋惜的是，我的朋友的高尚情谊，不能得到这两只惊弓之鸟的理解，它们竟一去不返。从此，清晨起来，白杨萧萧，再也听不到那种清脆的叫声。夏天来了，我忙着到浴场去游泳，渐渐把它们忘掉了。

有一天我去逛鸟市。那地方卖鸟儿的很少了，现在生产第一，游闲事物，相应减少，是很自然的。在一处转角地方，有一个卖鸟笼的老头儿，坐在一条板凳上，手里玩弄着一只黄鹂。黄鹂系在一根木棍上，一会儿悬空吊着，一会儿被拉上来。我站住了，我望着黄鹂，忽然觉得它的焦黄的羽毛、它的嘴眼和爪子，都带有一种凄惨的神气。

"你要吗？多好玩儿！"老头儿望望我问了。

"我不要。"我转身走开了。

我想，这种鸟儿是不能饲养的，它不久会被折磨得死去。这种鸟儿，即使在动物园里，也不能从容地生活下去吧，它需要的天地太宽阔了。

从此，有很长一段时间，我不再想起黄鹂。第二年春季，我到了太湖，在江南，我才理解了"杂花生树，群莺乱飞"这两句文章的好处。

是的，这里的湖光山色、密柳长堤，这里的茂林修竹、桑田苇泊，这里的乍雨乍晴的天气，使我看到了黄鹂的全部美丽，这是一种极致。

是的，它们的啼叫，是要伴着春雨、宿露，它们的飞翔，是要伴着朝霞和彩虹的。这里才是它们真正的家乡，安居乐业的所在。

各种事物都有它的极致。虎啸深山，鱼游潭底，驼走大漠，雁排长空，这就是它们的极致。

在一定的环境里，才能发挥这种极致。这就是形色神态和环境的自然结合和相互发挥，这就是景物一体。典型环境中的典型性格，也可以从这个角度来理解吧。这正是在艺术上不容易遇到的一种境界。

1962 年

石 子

——病期琐事

我幼小的时候,就喜欢石子。有时从耕过的田野里,捡到一块椭圆形的小石子,以为是乌鸦从山里衔回跌落到地下的,因此美其名为"老鸹枕头儿"。

那一年在南京,到雨花台买了几块小石子,是赭红色的。

那一年到大连,又在海滨装了一袋白色的回来。

这两次都匆匆忙忙,对于选择石子,可以说是不得要领。

在青岛住了一年有余,因为不喜欢下棋打扑克,不会弹琴跳舞,不能读书作文,唯一的消遣和爱好就是捡石子。时间长了,收藏丰富,有一段时间,居然被病友们目为专家。就连我低头走路,竟也被认为是长期从事搜罗工作养成的习惯,这简直是近于开玩笑了。

然而,人在寂寞无聊之时,爱上或是迷上了什么,那种劲头,也是难以常情理喻的。不但天气晴朗的时候,好在海边溅泥踏水地徘徊寻找,有时刮风下雨,不到海边转转,也好像会有什么损失,就像逛惯了古书店古董铺的人，一天不去，总觉得会交臂失掉了什么宝物一样。钓鱼者的心情，也是如此的。

初到青岛，也只是捡些小巧圆滑杂色的小石子。这些小石子养在水里，五颜六色还有些看头，如果一干，则质地粗糙，颜色也消失，算不得什么稀罕之物了。

后来在第二浴场发现一种质地细腻、色泽如同美玉的小石子，就加意寻找。这种石子，好像有一定的矿层。在春夏季，海滩积沙厚，没有这种石子。只有在秋冬之季，海水下落，沙积减少，轻涛击岸，才会露出这种蕴藏来，但也很少遇到。当潮水落到一定的地方，沿着水边来回走，看到一点点亮晶晶的苗头，跑过去捡起来，大小不等，有时还残留着一些杂质，像玉之有瑕一样。这种石子一定是包藏在一种岩石之中，经过多年的潮激汐荡，乱石撞击，细沙研磨，才形成现在这种可爱的样式。

有时，如果不注意，如果不把眼光放远一点，它略一显露，潮水再一荡，就又会被细沙所掩盖。当潮水猛涨的时候，站在岸边，抢捡石子，这不只拼着衣服溅上很多海水，甚至有被海水卷入的危险。

有时，不避风雨，不避寒暑，到距离很远的海滩，去寻找这种石子。但也要潮水和季节适当，才有收获。

我的声誉只是鹊起一时，不久就被一位新来的病友的成绩所掩盖。这位同志，采集石子，是不声不响，不约同伴，近于埋头创作地进行，而且走得远，探得深。很快，他的收藏就以质地形色兼好著称。

石子欣赏家都到他那里去了，我的门庭顿时冷落下来。在评判时，还要我屈居第二，这当然是无可推辞的。我的兴趣还是很高，每天从海滩回来，口袋里总是沉甸甸的，房间里到处是分门别类的石子。

那时我居住在正阳关路一幢绿色的楼房里。为了安静，我选择了三楼那间孤零零的，虽然矮小一些，但光线很好的房子。在正面窗台上，我摆了一个鱼缸，放满了水，养着我最得意的石子。

在二楼住着一位二十年前我教书时的女学生。她很关心我的养病生活，看见我的房子里堆着很多石子，就劝我养海葵花。她很喜欢这种东西，在她的房间里，饲养着两缸。

一天下午，她借了铁钩水桶，带我到海边退潮后的岩石上，去掏取这种动物。她的手还被附着在石面上的小蛤蜊擦破了。回来，她替我倒出了石子，换上海水，养上海葵花。

"你喜爱这种东西吗？"她坐下来得意地问。

"唔。"

"你的生活太单调了，这对养病是很不好的。我对你讲课印象很深，我总是坐在第一排。你不记得了吧？那时我十七岁。"

晚上，我一个人坐在灯光下，面对着我的学生为我新陈设的景物。我实在不喜欢这种东西，从捉到养，整个过程，都不能使我发生兴味。它的生活史和生活方式，在我的头脑里，体现了过去和现在的强盗和女妖的全部伎俩和全部形象。我写了一首《海葵赋》。

青岛，这是世界上少有的风光绮丽的地方。在过去很长一段时间，祖国美丽富饶的地区，有很多都曾经处在帝国主义的铁蹄蹂躏之下。每逢我站在太平角高大的岩石上，四下眺望，脚下澎湃飞溅的海潮，就会自然地使我联想起这里的悲惨的历史。我的心里总有一种沉痛之感、一种激愤之情。

终于，我把海葵花送给了女弟子，在缸里又养上了石子。这样做的结果，是大大辜负女学生的一番盛情、一番好意了。

离开青岛的时候，我把一些自认为名贵的石子带回家里，尘封日久，不但失去了原有的光彩，就是拿在手里，也不像过去那样滑腻，这是因为上面泛出一种盐质，用水都不容易洗去了。时过境迁，色衰爱弛，我对它们也失去了兴趣，任凭孩子们抛来掷去，想不到当时全心全力寤寐以求的东西，现在却落到了这般光景。

但它们究竟是和我度过了那一段难言的日子，给过我不少的安慰，帮助我把病养得好了一些。古人把药石针砭并称，这说明石子确是养病期中难得的纯朴有益的伴侣。

烈士陵园

  烈士们长眠在名山之下
  萧萧的白杨伸延在陵道两边
  大理石纪念塔高出云表
  一只苍鹰在塔的上空盘旋

  本来是要写一首诗,来献给陵园的。激动了的情感忍受不了韵脚的限制和束缚,还是改写散文吧。
  这一带地方,确是形胜之地。山区的果树和平原的庄稼,今年都获丰收。陵园西边的山路上,正有大队的毛驴、驮骡,负载着新收的柿子、红果,到山脚下的收购站去。驴骡踏在石路上的杂乱的蹄声,以及赶牲口的人们的吆喝声,都给天高气爽季节的陵园,增加了充沛旺盛的生命力量。热情高涨的妇女运输队来来往往的歌声和欢笑,更带来丰收季节的鼓舞欢腾。我想,长眠在地下的烈士们有知,也会为这一带——他们生前艰苦缔造的地方——人民的斗志昂扬,生活幸福,感到安慰和高兴的。

这里的幸福生活，确是和烈士们分不开的，是有血肉的关联的。是他们生前所关心，也是死后所不能忘怀的。

这一地区之所以称为名胜，并不在于像县志或山志上所介绍的：山上有奇松，山中间有怪石，山下有泉水。因为据我所知，像阜平那一带的大黑山，虽然不以名胜著称，也有这样的石头，也有这样的泉水，我们的战士也曾经在那里往返周绕，爬上爬下，有八年之久。这里之所以称为名山，当然也不在于那些毁坏了的帝王宫殿，以及与之有关的舍利宝塔和僧尼庵寺。

是因为：这里有艰苦的回忆，有革命的传统，有当前奋发图强的生产热情。人民已经解除了帝国主义和封建主义强加给他们的无穷灾难，人民的生活已经富裕和幸福——今天的阜平，当然也是这样。

单从衣食住行上看，人民的生活已经和抗日期间有了很大的变化。在这里，再也看不见那时山区常见的：夏天，在炎日下上身赤裸，下边还穿着破棉裤，冬季在寒风里，穿一件光板破羊皮袄的农民形象。现在农民的服装，即使走到大城市，也还是整齐漂亮的。大部分住宅，已经改建成新瓦房，地势背风而向阳。在吃的方面，也不会再有一大缸一大缸的烂酸菜或是树叶。在运输上，山下的公路已经修通，山上的公路也正在计划。一到天晚，家家户户，电灯明亮，收音机放送着幸福的、革命的歌声。

这一切都会传送到陵园里来。而陵园也正在把它的声音传送到各个地方去。陵园主任一年三百六十日，都在向前来瞻仰的战士、学生作报告，实际上是一种活的教育，生动的阶级教育。

一天清晨，我看见有一个团的战士在陵园前面集合。我们的战士，不只武器精良，而且军容齐整，雄姿英发。我们的战斗机，在陵园上空，轰轰飞过。这一切，烈士们是会看见、听到的。他们会想起他们作战时所用的简陋武器,所受的敌人飞机轰炸的欺侮,为祖国的强大感到安慰。

是的,经历越多,联想也就越丰富。我随同一队小学生在陵园的陈列室,瞻仰烈士们的遗容,一个小学生对他的老师提出了这样一个问题:

"他们为什么都这样年轻?"

从那些年轻、英俊、坚定的遗容上看,很多烈士和站在他们面前的小学生,好像就是并肩的兄弟和姐妹。在壮烈牺牲时,他们有的十七八岁,有的二十一二岁。现在这样年岁的青年,正在幸福地受到党和人民的关怀和教育。

从烈士们的传略上可以看到,即使他们这样年轻,他们生前已经是久经考验,识见远大,立场坚定,对革命忠心耿耿。

我不知道那位严肃的老师怎样解答。我从陵园走出来,这个问题一直在我的脑际回绕。

很多烈士在中学、师范甚至小学,就接受了党所传播的革命思想。然后,他们回到家乡,或是在穷乡僻壤的小学校里教书,他们又向贫苦的农民和其子弟传播了这种思想。这就是星火燎原。在旧社会,到处是饥寒贫困,到处是阶级压迫,因此也就到处是易燃的干柴燥草。革命之火,一触即发。随即卷起革命的风暴,这些烈士投身、领导在这风暴烈火之中。

他们有的爱好文学。而当时革命的报刊、书籍,传播得很少也很困难。他们看不到革命的戏剧电影,听不到革命的广播。但他们顽强地接受了党的教育,并奋不顾身地传播了党的思想。

这样看来,他们并不是生而知之,也不完全是时代使然,而是党深入教育的结果。他们革命的坚决意志,是值得我们学习和发扬的。

夜晚,我回到陵园的招待所,管理员对我说,白天来了两位烈属,从我的房间搬走了一床多余的铺盖。

烈属是母女两人，就住在我的隔壁，她们低声絮语，一夜好像没有睡觉。我想，她们来到这里，恐怕是不容易入睡的。第二天，她们很早起来，就动身回家了。

母亲在路上，还要讲述父亲或是兄长的故事给那年轻的女孩子听吧。

但愿这故事，能叫全体青年人都听到。

    这里的风声泉水声，
    都在传送着烈士的遗言遗志！
    这里的花树果树，
    都染有烈士们无限的恩泽和革命的感情！

看电视

从去年 8 月间，迁入新居以后，我有了一台电视机。

搬入新居，不同旧地，要有一个人做伴，小孙子来了。他在我身边，很拘束，也很闷，不大安心。我的女儿就把她家换下来的，一台黑白十二英寸电视，搬来放在小孙子的房间。

后来，小孙子终于走了，我搬到他的房间睡觉，就享有了这台电视机。

多少年来，我一直没有购置这种玩意儿，也没有正式看过。现在，一个人坐在屋里，暖气烧得很旺，太阳照满全屋，窗明几净，粉壁无瑕，抚今思昔，顿时有一种苦尽甘来、晚景如春之感。这正是需要锦上添花之时，按照小孙子教给我的做法，随手就拉开了电视。

有一个大圆球显示在我的眼前，里面在放送音乐。音乐我也听。这两年，我每天晚上听流行音乐，每天早上听西洋名曲。时间长了，还真是听出了一些味道。

听完音乐，不久就是电大的植物学课程，我接着看。这位教授很有学者风度，讲得也好。我在中学就喜欢植物学，考试成绩不错。现在一听这个科、那个目，还是很有兴趣。听着这种课程，我的心情总是非常平静，走进忘我的境界。它不同于看报纸、读文件、听广播。这里没有经济问题，也没有政治问题。没有历史，也没有现实。它不会引起思想波动、思想斗争。它只是说明自然界的进化现象，花和叶的生长规律。没有新观念和旧观念的冲突，意识形态的混乱，以及修辞造句的胡说八道。

植物学，今天就讲到这里。下面是动物世界。以前很多朋友劝我买电视机，都说：别的不看，《新闻联播》和《动物世界》，还是可以看看的。先是海底世界，大鱼吃小鱼；陆上，弱肉强食，有的生角才能保护自己，有的生刺才能得安生。寻食、追逐、交配，赤裸裸的一种凶残、贪婪之像，充满画面。讲解员说：大鱼吃小鱼，是为了自然界的生态平衡，不然小鱼就会臭在海底，对人类不利。既是动物世界，看着看着，就不能不联想到人类：战争、饥荒、洪水、蝗虫，加上地震、人为的灾难，是否也是大自然在冥冥之中，为了生态平衡，而不得不采取的措施？

这是哲学，不愿想，电视也不愿看了。刚要关上，荧光屏上出现了一个白胡子老头。在童年，每逢听故事遇到难题时，就会出现一个白胡子老头。

这是名人名言节目，泰戈尔说：把友谊献给别人，是本身的一种快乐。

我上中学时，就不喜欢动物学，但对文学家的话，还是相信的。

下面是英语教学，这位外国女教师，教得多么好。我从十二岁学习英文，学了整整八年，经历的英文老师，男的女的，有十几位，谁也没有这位女士教得好。我聚精会神地听着、看着。我没有别的野心，不想出国留学，也不想交外国朋友。我只是想证实一下，当初废寝忘食学了那么多年的英文,我现在还记得多少。

各地风光,我也爱看。现在正介绍五台山和尚们的生活。五台山,和尚们,久违了。抗日战争期间,我曾在北台顶一家大寺院,和僧人们睡在一条烧得很暖的炕上,和他们交了朋友,至今念念不忘。

一位故去的女作家曾说:看破红尘的人,是世界上最自私的人。但在逝世前,她又说:她要去成仙成佛了。这使我迷惑不解。据我想:在家出家,做官为民,都要吃饭。庙宇成为旅游胜地之后,香火虽多,却已不是静修之处。

在南北朝时出家,是最阔气的了,那时,不管南方北方,都崇尚佛教,寺庙盖得最讲究,皇帝皇太后都支持。僧尼吃的穿的,实非现在所能比拟。古今僧尼的心态,恐怕也有些不同吧。

当前有一种新口号,叫"迎接挑战"。有的人喊着这种口号,官品越来越高,待遇越来越丰厚,叫的劲头也就越大。他养尊处优,一点战斗的气息也没有,一点危险意识也没有。这只能看作时代英雄的"口头禅",远没有僧尼的呢喃可信。

孩子们看见我这样入迷,都很高兴,说:"早就劝你买一台你就是不买,你看多好,回头换一台彩色的吧!"

1989年1月13日写讫

楼居随笔

观垂柳

农谚："七九八九，隔河观柳。"身居大城市，年老不能远行，是享受不到这种情景了。但我住的楼后面，小马路两旁，栽种的却是垂柳。

这是去年春季，由农村来的民工经手栽的。他们比城里人用心、负责，隔几天就浇一次水。所以，虽说这一带土质不好，其他花卉，死了不少，这些小柳树，经过一个冬季，经过儿童们的攀折、汽车的碰撞、骡马的啃噬，还算是成活了不少。两场春雨过后，都已经发芽，充满绿意了。

我自幼就喜欢小树。童年的春天，在野地玩，见到一棵小杏树、小桃树，甚至小槐树、小榆树，都要小心翼翼地移到自家的庭院去。但不记得有多少株成活、成材。

柳树是不用特意去寻觅的。我的家乡，多是沙土地，又好发水，柳树都是自己长出来的，只要不妨碍农活，人们就把它留了下来，它也很快就长得高大了。每个村子的周围，都有高大的柳树，这是平原的一大奇观。走在路上，四周观望，看不见村庄房舍，看到的，都是黑压压、雾沉沉的柳树。平原大地，就是柳树的天下。

柳树是一种梦幻的树。它的枝条叶子和飞絮，都是轻浮的、柔软的，缭绕、挑逗着人的情怀。

这种景象，在我的头脑中，就要像梦境一样消失了。楼下的小垂柳，只能引起我短暂的回忆。

1990 年 4 月 5 日晨

观藤萝

楼前的小庭院里，精心设计了一个走廊形的藤萝架。去年夏天，五六个民工，费了很多时日，才算架起来了。然后运来了树苗，在两旁各栽种一排。树苗很细，只有筷子那样粗，用塑料绳系在架上，及时浇灌，多数成活了。

冬天，民工不见了，藤萝苗又都散落到地上，任人践踏。幸好，前天来了一群园林处的妇女，带着一捆别的爬蔓的树苗，和藤萝埋在一起，也和藤萝一块儿又系到架上去了。

系上就走了，也没有浇水。

进城初期，很多讲究的庭院，都有藤萝架。我住过的大院里，就有两架，一架方形，一架圆形，都是钢筋水泥做的，和现在观看到的一样。藤身有碗口粗。每年春天，都开很多花，然后结很多果。因为大院，不久就变成了大杂院，没人管理，又没有规章制度，藤萝很快就被作践死了，架也被人拆去，地方也被当作别用。

当时建造、种植它的人，是几多经营，藤身长到碗口粗细，也确非一日之功。一旦根断花消，也确给人以沧海桑田之感。

一件东西的成长，是很不容易的，要用很多人工、财力。一件东西的破坏，只要一个不逞之徒的私心一动，就可完事了。他们对于"化公为私"，是处心积虑的，无所不为的，办法和手段，也是很多的。

近些年，有人轻易地破坏了很多已经长成的东西。现在又不得不种植新的、小的。我们失去的，是一颗道德之心。再培养这颗心，是更艰难的。

新种的藤萝，也不一定乐观。因为我看见：养苗的不管移栽，移栽的又不管死活，即使活了，也没有人认真地管理。公家之物，还是没有主儿的东西。

1990 年 4 月 5 日晨

听乡音

乡音，就是水土之音。

我自幼离乡背井，稍长奔走四方，后居大城市，与五方之人杂处，所以，对于谁是什么口音，从来不大注意，自己的口音，变了多少，也不知道。只是对于来自乡下，却强学城市口音的人，听来觉得不舒服而已。

这个城市的土著口音，说不上好听，但我也习惯了。只是当"文革"期间，我们迁移到另一个居民区时，老伴忽然对我说："为什么这里的人，说话这样难听？"

我想她是情绪不好，加上别人对她不客气所致，因此未加可否。

现在搬到新居，周围有很多老干部，散步时，常常听到乡音。但是大家相忘江湖，已经很久了，就很少上前招呼的热情了。

我每天晚上，8点钟就要上床，其实并睡不着，有时就把收音机放在床头。有一次调整收音机，河北电台忽然传出说西河大鼓的声音，就听了一段，说的是《呼家将》。

我幼年时，曾在本村听过半部《呼延庆打擂》，没有打擂，说书的就回家过年去了。现在说的是打擂以后的事，最热闹的场面，是命定听不到了。西河大鼓，是我们那里流行的一种说书，它那鼓、板、三弦的配合音响，一听就使人入迷，这也算是一种乡音。说书的是一位女艺人。

最难得的，是书说完了，有一段广告，由一位女同志广播。她的声音，突然唤醒我对家乡的迷恋和热爱。虽然她的口音，已经标准化，广告词也每天相同。她的广告，还是成为我一个冬季的保留欣赏节目，每晚必听，一直到《呼家将》全书完毕。

这证明，我还是依恋故土的，思念家乡的，渴望听到乡音的。

1990年4月5日下午

听风声

楼居怕风，这在过去，是没有体会的。过去住老旧的平房，是怕下雨。一下雨，就担心漏房。雨还是每年下，房还是每年漏。就那么夜不安眠地，过了好些年。

现在住的是新楼，而且是墙壁甫干，街道未平，就搬进来住了。

又住中层，确是不会有漏房之忧了，高枕安眠吧。谁知又不然，夜里听到了极可怕的风声。

春季，尤其厉害。我们的楼房，处在五条小马路的交叉点，风无论从哪个方向来，它总要迎战两个或三个风口的风力。加上楼房又高，距离又近，类似高山峡谷，大大增加了风的威力。其吼鸣之声，如惊涛骇浪，实在可怕，尤其是在夜晚。

可怕，不出去也就是了，闭上眼睡觉吧！问题在于，如果有哪一个门窗，没有上好，就有被刮开的危险。而一处洞开，则全部窗门乱动，披衣去关，已经来不及，摔碎玻璃事小，极容易伤风感冒。

所以，每逢入睡之前，我必须检查全部门窗。

我老了，听着这种风声，是难以入睡的。

其实，这种风，如果放到平原大地上去，也不过是春风吹拂而已。我幼年时，并不怕风，春天在野地里砍草，遇到顶天立地的大旋风过来，我敢迎着上，钻了进去。

后来，我就越来越怕风了。这不是指风的实质，而是指风的象征。

在风雨飘摇中，我度过了半个世纪。风吹草动，草木皆兵。这种体验，不只在抗日，防御残暴的敌人时有，在"文革"，担心小人的暗算时也有。

我很少有安眠的夜晚，幸福的夜晚。

1990 年 4 月 7 日晨

辑三　陋巷晚华

芸斋梦余

关于花

  青年时的我，对花是没有什么感情的，心里只有衣食二字。童年的印象里没有花。十四岁上了中学，学校里有一座很小的校园，一个老园丁。校园紧靠图书馆，有点时间，我宁肯进图书馆，很少到校园。在上植物学课时，张老师（河南人）带领我们去看含羞草啊，无花果啊，也觉得实在没有意思。校园里有一棵昙花，视为稀罕之物，每逢开花，即使已经下了晚自习，张老师也要把我们集合起来，排队去观赏，心里更认为他是多此一举，小题大做。

  毕业后，为衣食奔走，我很少想到花，即使逛花园，心里也是沉重的。后来，参加了抗日战争，大部分时间是在山里打游击。山里有很多花，村头、河边、山顶都有花。杏花、桃花、梨花，还有很多野花，我很少观赏。不但不观赏，行军时践踏它们，休息时把它们当坐垫，无情地、无意识地拔起身边的野花，连嗅一嗅的兴趣都没有，抛到远处去，然后爬起来赶路。

  我，青春时代，对花是无情的，可以说是辜负了所有遇到的花。

写作时，我也没有用花形容过女人。这不只是因为有先哲的名言，也是因为那时的我，认为用花来形容什么，是小资产阶级意识的表现。

及至现在，我老了，白发疏稀，感觉迟钝，我很喜爱花了。我花钱去买花，用瓷的花盆去栽种。然而花不开，它们干黄、枯萎，甚至不活。而在十年动乱时，造反派看中我的花盆，把花全部端走了。我对花的感情最浓厚，最丰盛，投放的精力也最大。然而花对我很冷漠，它们几乎是背转脸去，毫无笑模样，再也不理我。

这不能说是花对我无情，也不能怨它恨它，是它对我的理所当然的报复。

关于果

战争时期，我经常吃不饱。霜降以后我常到山沟里去，拣食残落的红枣、黑枣、梨子和核桃。树下没有了，我仰头望着树上，还有打不净的。稍低的用手去摘，再高的，用石块去投。常常望见在树的顶梢，有一个最大的、最红的、最引诱人的果子。这是主人的竿子也够不着，打不下来，才不得不留下来，恨恨地走去的。我向它瞄准，投了十下，不中。投了一百下，还是不中。我环绕着树身走着，望着，计划着。

最后，我的脖颈僵了，筋疲力尽了，还是投不下来。我望着天空，面对四方，我希望刮起一股劲风，把它吹下来。但终于天气晴和，一丝风也没有。红果在天空摇曳着，讪笑着，诱惑着。

天晚了，我只好回去，我的肚子更饿了，这叫作得不偿失，无效劳动。我一步一回头，望着那颗距离我越来越远的红色果子。

夜里，我又梦见了它。第二天黎明，集合行军了，每人发了半个冷窝窝头。要爬上前面一座高山，我把窝窝头吃光了。还没爬到山顶，我饿得晕倒在山路上。忽然我的手被刺伤了，我醒来一看，是一棵酸枣树。我饥不择食，一把捋去，把果子、叶子，树枝和刺针，都塞到嘴里。

年老了，不再愿吃酸味的水果，但酸枣救活了我，我感念酸枣。每逢见到了酸枣树，我总是向它表示敬意。

关于河

听说，我家乡的滹沱河，已经干涸很多年了，夏天也没有一点水。我在一部小说里，对它作过详细的描述，现在要拍摄这些场面，是没有办法了。听说家乡房屋街道的形式，也大变了。

建筑是艺术的一种，它必然随着政治的变动，改变其形式。它的形式，是受经济基础决定的。

关于河流，就很难说了。历史的发展，可以引起地理环境的变动吗？大概是肯定的。

这条河，在我的童年，每年要发水，泛滥所及，冲倒庄稼，有时还冲倒房子。它带来黄沙，也带来肥土，第二年就可以吃到一季好麦。它给人们带来很多不便，夏天要花钱过惊险的摆渡，冬天要花钱过摇摇欲堕的草桥。走在桥上，仄仄闪闪的，吱吱呀呀的，下面是围着桥桩堆积起来的坚冰。

童年，我在这里，看到了雁群，看到了鹭鸶。看到了对艚大船上的船夫船妇，看到了纤夫，看到了白帆。他们远来远去，东来西往，给这一带的农民，带来了新鲜奇异的生活感受，彼此共同的辛酸苦辣的生活感受。

对于这条河流，祖祖辈辈，我没有听见人们议论过它的功过。是喜欢它，还是厌恶它，是有它好，还是没有它好。人们只是觉得，它是大自然的一部分。而大自然总是对人们既有利又有害，既有恩也有怨，无可奈何。

河，现在干涸了，将永远不存在了。

1982 年 12 月 19 日

文字生涯

20年代中期,我在保定上中学。学校有一个月刊,文艺栏刊登学生的习作。

我的国文老师谢先生是海音社的诗人,他出版的诗集,只有现在的袖珍月历那样大小,诗集的名字已经忘记了。

这证明他是"五四"以后,从事新文化运动的人物,但他教课,却喜欢讲一些中国古代的东西。另有一个特别的地方,是他从预备室走出来,除去眼睛总是望着天空,就是挟着一大堆参考书。到了教室,把参考书放在教桌上,也很少看他检阅,下课时又照样搬走,直到现在,我也没想通他这是所为何来。

每次发作文卷子的时候,如果谁的作文簿中间,夹着几张那种特大的稿纸,就是说明谁的作业要被他推荐给月刊发表了,同学们都特别重视这一点。

那种稿纸足足有现在的《参考消息》那样大,我想是因为当时的排字技术低,稿纸的行格,必须符合刊物实际的格式。

在初中几年间,我有幸在这种大稿纸上抄写过自己的作文,然后使它变为铅字印成的东西。高中时反而不能，大概是因为换了老师的缘故吧。

学校毕业以后，我也曾有靠投稿维持生活的雄心壮志，但不久就证明是一种痴心妄想，只好去当小学教师。这样一日三餐，还有些现实可能性，虽然也很不保险。

生活在青年人的面前，总是要展开新的局面的。伟大的抗日战争爆发了，写作竟出乎意料地成为我后半生的主要职业。

抗日战争，在中国共产党领导之下，是有枪出枪、有力出力。我的家乡有些子弟就是跟着枪出来抗日的。至于我们，则是带着一支笔去抗日。没有朱砂，红土为贵。穷乡僻壤，没有知名的作家，我们就不自量力地在烽火遍野的平原上驰骋起来。

油印也好，石印也好，破本草纸也好，黑板土墙也好，都是我们发表作品的场所。也不经过审查，也不组织评论，也不争名次前后，大家有作品就拿出来。群众认为：你既不能打枪，又不能放炮，写写稿件是你的职责；领导认为：你既是文艺干部，写得越多越快越好。

现在回想起来，那时的写作，真正是一种尽情纵意，得心应手，既没有干涉，也没有限制，更没有私心杂念的，非常愉快的工作。这是初生之犊，又遇到了好的时候：大敌当前，事业方兴，人尽其才，物尽其用。

全国解放以后，则是另外一种情形。思想领域的斗争被强调了，文艺作品的倾向，常常和政治斗争联系起来，作家在犯错误后，就一蹶不振。在写作上，大家开始执笔踌躇，小心翼翼起来。

但在解放初，战争时期的余风犹烈，进城以后，我还是写了不少东西。1956年大病之后，就几乎没有写。加上1966年以后的十年，我在写作上的空白阶段，竟达二十年之久。

人被"解放"以后，仍住在被迫迁居的一间小屋里。没有书看，从一个朋友的孩子那里借来一册大学用的文学教材，内有历代重要作品及其作者的介绍,每天抄录一篇来诵读。

患难余生,痛定思痛。我居然发哲人的幽思,想到一个奇怪的问题:在历史上,这些作者的遭遇,为什么都如此不幸呢?难道他们都是糊涂虫?假如有些聪明,为什么又都像飞蛾一样,情不自禁地投火自焚?我掩卷思考。思考了很长时间,得出这样一个答案:这是由文学事业的特性决定的。是现实主义促使他们这样干,是浪漫主义感召他们这样干。说得冠冕一些,他们是为正义斗争,是为人生斗争。文学是最忌讳说谎话的。文学要反映的是社会现实。文学是要有理想的,表现这种理想需要一种近于狂放的热情。有些作家遇到的不幸,有时是因为说了天真的实话,有时是因为过于表现了热情。

按作品来说,天才莫过于司马迁。这样一个能把三皇五帝以来的,错综复杂的历史,勒成他一家之言,并评论其得失,成为天下定论的人,竟因一语之不投机,下于蚕室,身受腐刑。他描绘了那么多人物,难道没有从历史上吸取任何一点可以用之于自身的经验教训吗?

班固完成了可与《史记》媲美的《汉书》,他特别评论了他的先驱者司马迁,保存了那篇珍贵的材料——《报任少卿书》,使司马迁的不幸遭遇留传后世。班固的评论,是何等高超,多么有见识,但是,他竟因为投身于一个武人的幕下,最后瘐死狱中。对于自己,又何其缺乏先见之明啊!

历史经验,历史教训,即使是前人真正用血写下的,也并不是一定就能接受下来。历史情况,名义和手法在不断变化。例如,在20世纪之末,世界文明高度发展之时,竟会出现林彪、"四人帮",梦想在社会主义的中国,建立封建王朝。在"文化革命"的旗帜之下,企图灭绝几千年的民族文化。遂使艺苑凋残,文士横死,人民受辱,国家遭殃。这一切,确非头脑单纯、感情用事的作家们所能预见得到的。

鲁迅说过,读中国旧书,每每使人意志消沉,在经历一番患难之后,尤其容易如此。我有时也想:恐怕还是东方朔说得对吧,人之一生,一龙一蛇。或者准声而歌,投迹而行,会减少一些危险吧?

这些想法都是很不健康、近于伤感的。一个作家,不能够这样,也不应该这样。如上所述,作家永远是现实生活的真美善的卫道士,他的职责就是向邪恶虚伪的势力进行战斗。既是战斗,就可能遇到各色敌人,也可能遇到各种的牺牲。

在"四人帮"还没被揭露之前,有人几次对我说:写点东西吧,亮亮相吧。我说,不想写了,至于相,不是早已亮过了吗?在运动期间,我们不只身受凌辱,而且画影图形,传檄各地。老实讲,在这一时期,我不仅没有和那些帮派文人一较短长的想法,甚至耻于和他们共同使用那些铅字,在同一个版面上出现。

这时,我从劳动的地方回来,被允许到文艺组上班了。经过几年风雨,大楼的里里外外,变得破烂、凌乱、拥挤。但人们的精神面貌好像已经渐渐地从前几年的狂乱、疑忌、歇斯底里状态中恢复过来。一位调离这里的老同志留给我一张破桌子。据说好的办公桌都叫进来占领新闻阵地的人占领了。我自己搬来一张椅子,在组里坐下来。组长向全组宣布了我的工作:登记来稿,复信,并郑重地说:不要把好稿退走了。说良心话,组长对我还过得去。他不过是担心我受封资修的毒深而且重,不能鉴赏"帮八股"的奥秘,而把他们珍视的好稿遗漏。

我是内行人,我知道我现在担任的是文书或见习编辑的工作。我开始拆开那些来稿,进行登记,然后阅读。据我看,来稿从质量看,较之前些年,大大降低了。作者们大多数极不严肃,文字潦草,内容雷同。语言都是从报上抄来。遵照组长的意旨,我把退稿信写好后,连同稿件推给旁边一位同事,请他复审。

这样工作了一个时期,倒也相安无事。我只是感到,每逢我无事,坐在窗前一张破旧肮脏的沙发上休息的时候,主任进来了,就向我怒目而视，并加以睥睨。这也没什么，这些年我已经锻炼得对一切外界境遇，麻木不仁。我仍旧坐在那里。可以说既无戚容，亦无喜色。

同组有一位女同志，是熟人，出于好心，她把我叫到她的位子那里，对我进行帮助。她和蔼地说："你很长时间在乡下劳动，对于当前的文艺精神、文艺动态，不太了解吧？这会给工作带来很大困难。"

"唔。"我回答。

她桌子上放着一个小木匣，里面整整齐齐装着厚厚的一摞卡片。她谈着谈着，就拿出一张卡片念给我听，都是林彪和江青的语录。

当时，林彪和江青关于文艺的胡说八道，被当作金科玉律来宣讲。显然，他们比马克思和恩格斯还具有权威性，还受到尊重。他们的聪明才智，也似乎超过了古代哲人亚里士多德。我不知这位原来很天真的女同志，心里是怎样想的，她的表情非常严肃认真。

等她把所有的卡片，都讲解完了，我回到我的座位上去。我默默地想：古代的邪教，是怎样传播开的呢，是靠教义，还是靠刀剑？第二次世界大战之初，为什么有那么多的人，跟着希特勒这样的流氓狂叫狂跑？除去一些不逞之徒，唯恐天下不乱之外，其余大多数人是真正地信服他，还是为了暂时求得活命？

中午，在食堂吃过饭，我摆好几张椅子，枕着一捆报纸，在办公室睡觉，这对几年来，过着非常生活的我，可以说是一种暂时的享受。天气渐渐冷了，我身上盖着一件破旧的抗日战争时期的战利品，日本军官的黄呢斗篷。触景伤情地想：在那样残酷的年代，在野蛮的日本军国主义面前，我们的文艺队伍，我们的兄弟，也没有这几年在林彪、江青等人的毒害下，如此惨重的伤亡和损失。而灭绝人性的林彪竟说，这个损失，最小最小最小，比不上一次战役，比不上一次瘟疫。

1978 年 12 月 11 日

书的梦

到市场买东西,也不容易。一要身强体壮,二要心胸宽阔。因为种种原因,我足不入市,已经有很多年了。这当然是因为有人帮忙,去购置那些生活用品。夜晚多梦,在梦里却常常进入市场。在喧嚣拥挤的人群中,我无视一切,直奔那卖书的地方。

远远望去,破旧的书床上好像放着几种旧杂志或旧字帖。顾客稀少,主人态度也很和蔼。但到那里定睛一看,却往往令人失望,毫无所得。

按照弗洛伊德的学说,这种梦境,实际上是幼年或青年时代,残存在大脑皮质上的一种印象的再现。

是的,我梦到的常常是农村的集市景象:在小镇的长街上,有很多卖农具的,卖吃食的,其中偶尔有卖旧书的摊贩。或者,在杂乱放在地下的旧货中间,有几本旧书,它们对我最富有诱惑的力量。

这是因为,在童年时代,常常在集市或庙会上,去光顾那些出售小书的摊贩。他们出卖各种石印的小说、唱本。有时,在戏台附近,还会遇到陈列在地下的，可以白白拿走的，宣传耶稣教义的各种圣徒的小传。

在保定上学的时候，天华市场有两家小书铺，出卖一些新书。在大街上，有一种当时叫作"一折八扣"的廉价书，那是新旧内容的书都有的，印刷当然很劣。

有一回，在紫河套的地摊上，买到一部姚鼐编的《古文辞类纂》，是商务印书馆的铅印大字本，花了一元大洋。这在我是破天荒的慷慨之举，又买了二尺花布，拿到一家裱画铺去做了一个书套。但保定大街上，就有商务印书馆的分馆，到里面买一部这种新书，所费也不过如此，才知道上了当。

后来又在紫河套买了一本大字的夏曾佑撰写的《中国历史教科书》（就是后来的《中国古代史》），也是商务排印的大字本，共两册。

最后一次逛紫河套，是1953年。我路过保定，远千里同志陪我到"马号"吃了一顿童年时爱吃的小馆，又看了"列国"古迹，然后到紫河套。在一家收旧纸的店铺里，远买了一部石印的《李太白集》。这部书，在远去世后，我在他的夫人于雁军同志那里还看见过。

中学毕业以后，我在北平流浪着。后来，在北平市政府当了一名书记。这个书记，是当时公务人员中最低的职位，专事抄写，是一种雇员，随时可以解职的，每月有二十元薪金。在那里，我第一次见到了旧官场、旧衙门的景象。那地方倒很好，后门正好对着北平图书馆。我正在青年，富于幻想，很不习惯这种职业。我常常到图书馆去看书，到北新桥、西单商场、西四牌楼、宣武门外去逛旧书摊。那时买书，是节衣缩食，所购完全是革命的书。我记得买过六期《文学月报》、五期《北斗》杂志，还有其他一些革命文艺期刊，如《奔流》《萌芽》《拓荒者》《世界文化》等。有时就带上这些刊物去"上衙门"。我住在石驸马大街附近，东太平街天仙庵公寓。那里的一位老工友，见我出门，就如此恭维。好在科里都是一些混饭吃、不读书的人，也没人过问。

我们办公的地方，是在一个小偏院的西房。这个屋子里最高的职位，是一名办事员，姓贺。他的办公桌摆在靠窗的地方，而且也只有他的桌子上有块玻璃板。他的对面也是一位办事员，姓李，好像和市长有些瓜葛，人比较文雅。家就住在府右街，他结婚的时候，我随礼去过。

我的办公桌放在西墙的角落里，其实那只是一张破旧的板桌，根本不是办公用的，桌子上也没有任何文具，只堆放着一些杂物。桌子两旁，放了两条破板凳，我对面坐着一位姓方的青年，是破落户子弟。他写得一手好字，只是染上了严重的嗜好。整天坐在那里打盹，睡醒了就和我开句玩笑。

那位贺办事员，好像是南方人，一上班嘴里的话是不断的。他装出领袖群伦的模样，对谁也不冷淡。他见我好看小说，就说他认识张恨水的内弟。

很久我没有事干，也没人分配给我工作。同屋有位姓石的山东人，为人诚实，他告诉我，这种情况并不好，等科长来考勤，对我很不利。他比较老于官场，他说，这是因为朝中无人的缘故。我那时不知此中的利害，还是把书本摆在那里看。

我们这个科是管市民建筑的。市民要修房建房，必须请这里的技术员，去丈量地基，绘制蓝图，看有没有侵占房基线。然后在窗口那里领照。

我们科的一位股长，是一个胖子，穿着蓝绸长衫，和下僚谈话的时候，老是把一只手托在长衫的前襟下面，作撩袍端带的姿态。他当然不会和我说话的。

有一次，我写了一个请假条递给他。我虽然看过《酬世大观》，在中学也读过陈子展的《应用文》，高中时的国文老师，还常常把他替要人们拟的公文，发给我们当作教材，但我终于在应用时把"等因奉此"的程式用错了。听姓石的说，股长曾拿到我们屋里，朗诵取笑。股长有一个干儿，并不在我们屋里上班，却常常到我们屋里瞎串。这是一个典型的京华恶少、政界小人。他也好把一只手托在长衫下面，不过他的长衫，不是绸的，而是蓝布，并且旧了。有一天，他又拿那件事开我的玩笑，激怒了我，我当场把他痛骂一顿，他就满脸赔笑地走了。

当时我血气方刚，正是一语不合拔剑而起的时候，更何况初入社会，就到了这样一处地方，满腹怨气，无处发作，就对他来了。

我是由志成中学的体育教师介绍到那里工作的。他是当时北方的体育明星，娶了一位宦门小姐。他的外兄是工务局的局长。所以说，我官职虽小，来头还算可以。不到一年，这位局长下台，再加上其他原因，我也就"另候任用"了。

我被免职以后，同事们照例是在东来顺吃一次火锅，然后到娱乐场所玩玩。和我一同免职的，还有一位家在北平附近的人，脸上有些麻子，忘记了他的姓。他是做外勤的，他的为人和他的破旧自行车上的装备，给人一种商人小贩的印象，失业对他是沉重的打击。走在街上，他悄悄地对我说："孙兄，你是公子哥儿吧，怎么你一点也不在乎呀！"

我没有回答。我想说：我的精神支柱是书本，他当然是不能领会的。其实，精神支柱也不可靠，我所以不在意，是因为这个职位，实在不值得留恋。另外，我只身一人，这里没有家口，实在不行，我还可以回老家喝粥去。

和同事们告别以后，我又一个人去逛西单商场的书摊。渴望已久的，鲁迅先生翻译的《死魂灵》一书，已经陈列在那里了。用同事们带来的最后一次薪金，购置了这本名著，高高兴兴回到公寓去了。

第二天清晨，挟着这本书，出西直门，路经海淀，到离北平有五六十里路的黑龙潭,去看望在那里山村小学教书的一个朋友。他是我的同乡,又是中学同学。这人为人热情,对于比他年纪小的同乡同学,情谊很深。到他那里,正是深秋时节,黄叶飘落,潭水清冷,我不断想起曹雪芹在这一带著书的情景。住了两天,我又回到了北平。

我在朝阳大学同学处住几天,又到中国大学同学处住几天。后来,感到肚子有些饿,就写了一首诗,投寄《大公报》的《小公园》副刊,内容是:我要离开这个大城市,回到农村去了。因为我看到:在这里,是一部分人正在输血给另一部分人!

诗被采用,给了五角钱。

整理了一下,在北平一年所得的新书旧书,不过一柳条箱,就回到农村,去教小学了。

我的书籍,一损失于抗日战争之时,已在别一篇文章中略记,一损失于土地改革之时。

我的家庭成分是富农。按照当时党的政策,凡是有人在外参加革命,在政治上稍有照顾。关于书,是属于经济,还是属于政治,这是不好分的。贫农团以为书是钱买来的,这当然也是属于财产,他们就先后拿去了。其实也不看。当时,我们那里的农民,已普遍从八路军那里学会裁纸卷烟。在乡下,纸张较之布片还难得,他们是拿去卷烟了。

这时,我在饶阳县一个小区参加土改工作。大概是冀中区党委所在之地吧,发了一个通知,要各村贫农团,把斗争果实中的书籍,全部上缴小区,由专人负责清查保存。大概因为我是知识分子吧,我们的小区区长,把这个责任交给了我。

书籍也并不太多,堆在一间屋子的地下,而且多是一些古旧破书,可以用来卷烟的已经不多。我因家庭成分不好,又由于"客里空"问题,正在《冀中导报》受到公开批判,对这些书籍谨小慎微,丝毫不敢染指，全部上缴县委了。

我的受批判，是因为那一篇《新安游记》。是个黄昏，我从端村到新安城墙附近绕了绕，那里地势很洼，有些雾气，我把大街的方向弄错了。回去仓促写了一篇抗日英雄故事，在《冀中导报》发表了。土改时被作为"客里空"典型。

在家乡工作期间，已经没有购买书籍的机会，携带也不方便。如果能遇到书本的话，只是用打游击的方式，走到哪里，就看到哪里。

但也有时得到书。我在蠡县工作时，有一次在县城大集上，在一个地摊上，买到一本商务印书馆出版的，铅印精装的《西厢记》。我带着看了一程子，后来送给蠡县一位书记了。

《冀中导报》在饶阳大张岗设立了一处造纸厂。他们收买一些旧书，用牲口拉的大碾，轧成纸浆。有一间棚子，堆放着旧书。我那时常到这家纸厂吃住。在棚子里，我捡到一本石印的《王圣教》和一本石印的《书谱》。

在河间工作的时候，每逢集日，在一处小树林里，有推着小车贩卖烂纸书本的。有一次，我在车上买到一部初版的《孽海花》，一直保存着，进城后，送给一位新婚燕尔、出国当参赞的同志了。

画的梦

在绘画一事上,我想,没有比我更笨拙的了。和纸墨打了一辈子交道,也常常在纸上涂抹,直到晚年,所画的小兔、老鼠等小动物,还是不成样子,更不用说人体了。这是我屡屡思考,不能得到解答的一个谜。

我从小就喜欢画。在农村,多么贫苦的人家,在屋里也总有一点点美术。人天生就是喜欢美的。你走遍多少人家,便可以欣赏到多少形式不同的,零零碎碎、甚至残缺不全的画。那或者是窗户上的一片红纸花,或者是墙壁上的几张连续的故事画,或者是贴在柜上的香烟盒纸片,或者是人已经老了,在青年结婚时,亲朋们所送的《麒麟送子》中堂。

这里没有画廊,没有陈列馆,没有画展。要得到这种大规模的、能饱眼福的欣赏机会,就只有年集。年集就是新年之前的集市。赶年集和赶庙会,是童年时代最令人兴奋的事。在年集上,买完了鞭炮,就可以去看画了。那些小贩,把他们的画张挂在人家的闲院里,或是停放大车的门洞里。看画的人多,买画的人少,他并不见怪,小孩们他也不撵,很有点开展览会的风度。他同时卖神像,例如"天地""老爷""灶马"之类。神画销路最大,因为这是每家每户都要悬挂供奉的。

我在童年时,所见的画,还都是木版水印,有单张的,有联四的。稍大时,则有了石印画,多是戏剧,把梅兰芳印上去,还有娃娃京戏,精彩多了。等我离开家乡,到了城市,见到的多是所谓月份牌画,印刷技术就更先进了,都是时装大美人儿。

在年集上,一位年岁大的同学,曾经告诉我:你如果去捅一下卖画人的屁股,他就会给你拿出一种叫作"手卷"的秘画,也叫"山西灶马",好看极了。

我听来,他这些说法,有些不经,也就没有去尝试。

我没有机会欣赏更多的、更高级的美术作品,我所接触的,只能说是民间的、低级的。但是,千家万户的年画,给了我很多知识,使我知道了很多故事,特别是戏曲方面的故事。

后来,我学习文学,从书上,从杂志上,看到一些美术作品。就在我生活最不安定、最困难的时候,我的书箱里、我的案头、我的住室墙壁上,也总有一些画片。它们大多是我从杂志上裁下的。

对于我钦佩的人物,比如托尔斯泰、契诃夫、高尔基,比如鲁迅,比如丁玲同志,比如阮玲玉,我都保存了他们的很多照片或是画像。

进城以后,本来有机会去欣赏一些名画,甚至可以收集一些名人的画了。但是,因为我外行,有些吝啬,又怕和那些古董商人打交道,所以没有做到。有时花很少的钱,在早市买一两张并非名人的画,回家挂两天,厌烦了,就卖给收破烂的,于是这些画就又回到了早市去。

1961 年,黄胄同志送给我一张画,我托人拿去裱好了,挂在房间里。上面是一个维吾尔族少女牵着一头毛驴,下面还有一头大些的驴,和一头驴驹。1962 年,我又转请吴作人同志给我画了三峰骆驼,一峰是近景，两峰是远景，题曰《大漠》。也托人裱好，珍藏起来。

1966年，运动一开始，黄胄同志就受到批判。因为他的作品，家喻户晓，他的"罪名"，也就妇孺皆知。家里人把画摘下来了。一天，我出去参加学习，机关的造反人员来抄家，一见黄胄的毛驴不在墙上了，就大怒，到处搜索。搜到一张画，展开不到半截，就摔在地下，喊："黑画有了！"其实，那不是毛驴，而是骆驼，真是驴唇不对马嘴。就这样把吴作人同志画的三峰骆驼牵走了，三头小毛驴仍留在家中。

运动渐渐平息了。我想念过去的一些友人。我写信给好多年不通音讯的彦涵同志，问候他的起居，并请他寄给我一张画。老朋友富于感情，他很快就寄给我那幅有名的木刻《老羊信》，并题字用章。

我求人为这幅木刻做了一个镜框，悬挂在我的住房的正墙当中。

不久，"四人帮"在北京举办了别有用心的"黑画展览"，这是他们继小靳庄之后发动的全国性展览。

机关的一些领导人，要去参观，也通知我去看看，说有车，当天可以回来。

我有十二年没有到北京去了，很长时间也看不到美术作品，就答应了。

在路上停车休息时，同去的我的组长，轻声对我说："听说彦涵的画展出的不少哩！"我没有答话。他这是知道我房间里挂有彦涵的木刻，对我提出的善意警告。

到了北京美术馆门前，真是和当年的小靳庄一样，车水马龙，人山人海。"四人帮"别无能为，但善于巧立名目，用"示众"的方式鼓惑人心。人们像一窝蜂一样往里面拥挤。这种场合，这种气氛，我都不能适应。我进去了五分钟，只是看了看彦涵同志那些作品，就声称头痛，钻到车里去休息了。

夜晚，我们从北京赶回来，车外一片黑暗。我默默地想：彦涵同志以其天赋之才，在政治上受压抑多年，这次是应国家需要，出来画些画。他这样努力、认真、精心地工作，是为了对人民有所贡献，有所表现。"四人帮"如此对待艺术家的良心，就是直接侮辱了人民之心。回到家来，我面对着那幅木刻，更觉得它可珍贵了。上面刻的是陕北一带的牧羊老人，他手里抱着一只羊羔，身边站立着一只老山羊。牧羊人的呼吸，与塞外高原的风云相通。

这幅木刻，一直悬挂着，并没有摘下。这也是接受了多年的经验教训：过去，我们太怯弱了，太驯服了，这样就助长了那些政治骗子的野心，他们以为人民都是阿斗，可以玩弄于他们的股掌之上。几乎把艺术整个毁灭，也几乎把我们全部葬送。

我是好做梦的，好梦很少，经常是噩梦。有一天夜晚，我梦见我把自己画的一幅画，交给中学时代的美术老师，老师称赞了我，并说要留作成绩，准备展览。

那是一幅很简单的水墨画：秋风败柳，寒蝉附枝。

我很高兴，叹道：我的美术，一直不及格，现在，我也有希望当个画家了。随后又有些害怕，就醒来了。

其实，按照弗洛依德学说，这不过是一连串零碎意识、印象的偶然组合，就像万花筒里出现的景象一样。

1979 年 5 月

戏的梦

大概是 1972 年春天吧,我"解放"已经很久了,但处境还很困难,心情也十分抑郁。于是决心向领导打一报告,要求回故乡"体验生活,准备写作"。幸蒙允准。一担行囊,回到久别的故乡,寄食在一个堂侄家里。乡亲们庆幸我经过这么大的"运动",安然生还,亲戚间也携篮提壶来问。最初一些日子,心里得到不少安慰。

这次回老家,实际上是像鲁迅说的,有一种动物,受了伤,并不嚎叫,挣扎着回到林子里,倒下来,慢慢自己去舔那伤口,求得痊愈和平复。

老家并没有什么亲人,只有叔父,也八十多岁了。又因为青年时就远离乡土,村子里四十岁以下的人,对我都视若陌生。

这个小村庄,以林木著称,四周大道两旁,都是钻天杨,已长成材。此外是大片大片柳杆子地,以经营农具和编织为副业。靠近村边,还有一些果木园。

侄子喂着两只山羊,需要青草。烧柴也缺。我每天背上一个柳条大筐，在道旁砍些青草，或是拣些柴棒。有时到滹沱河的大堤上去望望，有时到附近村庄的亲戚家走走。

又听到了那些小鸟叫，又听到了那些秋虫叫，又在柳林里拣到了鸡腿蘑菇，又看到了那些黄色、紫色的野花。

一天中午，我从野外回来，侄子告诉我，镇上传来天津电话，要我赶紧回去。电话听不清，说是为了什么剧本的事。

侄子很紧张，他不知大伯又出了什么事。我一听是剧本的事，心里就安定下来，对他说："安心吃饭吧，不会有什么变故。剧本，我又没发表过剧本，不会再受批判的。"

"打个电话去问问吗？"侄子问。

"不必了。"我说。

隔了一天，我正送亲戚出来，街上开来一辆吉普车，迎面停住了。车上跳下一个人，是我的组长。他说，来接我回天津，参加创作一个京剧剧本。各地都有"样板戏"了，天津领导也很着急。京剧团原有一个写抗日时期白洋淀的剧本，上不去。因我写过白洋淀，有人推荐了我。

组长在谈话的时候，流露着一种神色，好像是为我庆幸：领导终于想起你来了。老实讲，我没有注意去听这些。剧本上不去找我，我能叫它上去？我能叫它成了样板戏？

但这是命令，按目前形势，它带有半强制的性质。第二天我们就回天津了。

回到机关，当天政工组就通知我，下午市里有首长要来，你不要出门。这一通知，不到半天，向我传达三次。我只好在办公室呆呆坐着。首长没有来。

第二天，工作人员普遍检查身体。内、外科，脑系科，耳鼻喉科，楼上楼下，很费时间。我正在检查内科的时候，组里来人说：市文教组负责同志来了,在办公室等你。我去检查外科,又来说一次,我说还没检查牙。他说快点吧,不能叫负责同志久等。我说,快慢在医生那里,我不能不排队呀。

医生对我的牙齿很夸奖了一番,虽然有一颗已经叫虫子吃断了。医生向旁边几个等着检查的人说:"你看,这么大的年岁,牙齿还这样整齐,卫生工作一定做得好。运动期间,受冲击也不太大吧?"

"唔。"我不知道牙齿整齐不整齐,和受冲击大小有何关联,难道都要打落两颗门牙,才称得上脱胎换骨吗?我正惦着楼上有负责同志,另外,嘴在张着,也说不清楚。

回到办公室,组长已经很着急了。我一看,来人有四五位。其中有一个熟人老王,向一位正在翻阅报纸的年轻人那里努努嘴,暗示那就是负责同志。

他们来,也是告诉我参加剧本创作的事。我说,知道了。

过了两天,市里的女文教书记,真的要找我谈话了,只是改了地点,叫我到市委机关去。这当然是隆重大典,我们的主任不放心,亲自陪我去。

在一间不大不小的会议室里,我坐了下来。先进来一位穿军装的,不久女书记进来了。我和她在延安做过邻居,过去很熟,现在地位如此悬殊,我既不便放肆,也不便巴结。她好像也有点矛盾,架子拿得太大,固然不好意思,如果一点架子也不拿,则对于旁观者,起码有失威信。

总之,谈话很简单,希望我帮忙搞搞这个剧本。我说,我没有写过剧本。

"那些样板戏,都看了吗?"她问。

"唔。"我回答。其实,罪该万死,虽然在这些年,样板戏以独霸中夏的势焰,充斥在文、音、美、剧各个方面,直到目前,我还没有正式看过一出、一次。因为我已经有十几年不到剧场去了，我有一个收音机，也常常不开。这些年，我特别节电。

一天晚上，去看那个剧本的试演。见到几位老熟人，也没有谈什么，就进了剧场。剧场灯光暗淡，有人扶持了我。

这是一本写白洋淀抗日斗争的京剧。过去，我是很爱好京剧的，在北京当小职员时，经常节衣缩食，去听富连成小班。有些年，也很喜欢唱。

今晚的印象是：两个多小时，在舞台上，我既没有能见到白洋淀当年抗日的情景，也没有听到我所熟悉的京戏。

这是"京剧革命"的产物。它追求的，好像不是真实地再现历史，也不是忠实地继承京剧的传统，包括唱腔和音乐。它所追求的，是要和样板戏"形似"，即模仿"样板"。它的表现特点为：追求电影场面，采取电影手法，追求大的、五光十色的、大轰大闹、大哭大叫的群众场面。它变单纯的音乐为交响乐队，瓦釜雷鸣。它的唱腔，高亢而凄厉，冗长而无味，缺乏真正的感情。演员完全变成了政治口号的传声筒，因此，主角完全是被动的、矫揉造作的，是非常吃力，也非常痛苦的。繁重的唱段，连续的武打，使主角声嘶力竭，假如不是青年，她会不终曲而当场晕倒。

戏剧演完，我记不住整个故事的情节，因为它的情节非常支离；也唤不起我有关抗日战争的回忆，因为它所写的抗日战争，完全不是那么回事，甚至可以说是不着边际。整个戏锣鼓喧天，枪炮齐鸣，人出人进，乱乱哄哄。不知其何以开始，也不知其何以告终。

第二天，在中国大戏院休息室，开座谈会，我准备了一个发言提纲。参加会的人很不少，除去原有创作组，主要演员，剧团负责人，还有文化局负责人，文化口军管负责人。天津日报还派去了一位记者。

我坐在那里，斟酌我的发言提纲。忽然，坐在我旁边的文化局负责人，推了我一下。我抬头一看，女书记进来了，全场的人都站了起来，我也跟着站了起来。女书记在我身边坐下，会议开始。

在会上，我谈了对这个戏的印象，说得很缓和，也很真诚。并谈了对修改的意见，详细说明当时冀中区和白洋淀一带，抗日战争的形势，人民斗争的特点，以及敌人对这一地区残酷"扫荡"的情况。

大概是因为我讲的时间长了一些，别的人没有再讲什么，女书记作了一些指示，就散会了。

后来我才知道，昨天没有人讲话，并不是同意了我的意见。在以后只有创作组人员参加的讨论会上，旧有成员，开始提出了反对意见，并使我感到，这些反对意见，并不纯粹属于创作方面，而是暗示：一、他们为这个剧本，已经付出了很长的时间和很大的精力，如果按照我的主张，他们的剧本就要从根本上推翻。二、不要夺取他们创作样板戏可能得到的功劳。三、我是刚刚受过批判的人物，能算老几。

我从事文艺工作，已经有几十年。所谓名誉，所谓出风头，也算够了。这些年，所遭凌辱，正好与它们抵消。至于把我拉来写唱本，我也认为是修废利旧，并不感到委屈。因此，我对这些富于暗示性的意见，并不感到伤心，也不感到气愤。它使我明白了文艺创作的现状。使我奇怪的是，这个创作组，曾不止一次到白洋淀一带，体验生活，进行访问，并从那里弄来一位当年的游击队长，长期参与他们的创作活动。为什么如此无视抗日战争的历史和现实呢？这位游击队长、战斗英雄，为什么也尸位素餐，不把当年的历史情况和自己的亲身经历，告诉他们呢？

后来我才明白，一些年轻人，一些"文艺革命"战士，只是一心要"革命"，一心创造样板，已经迷了心窍，是任何意见也听不进去的。

不知为了什么，军管人员在会上支持我的工作，因此，剧本讨论仍在进行。

这就是目前大为风行的集体创作：每天大家坐在一处开会，今天你提一个方案，明天他提一个方案，互相抵消，一事无成。积年累月，写不出什么东西，就不足为怪了。

夏季的时候，我们到白洋淀去。整个剧团也去，演出现在的剧本。

我们先到新安，后到王家寨，这是淀边上一个比较大的村庄。我住在村南头（也许不准确，因为我到了白洋淀，总是转向，过去就发生过方向错误）一间新盖的、随时可以放眼水淀的、非常干净的小房里。

房东是个老实的庄稼人。他的爱人，比他年轻好多，非常精明。他家有几个女儿，都长得秀丽，又都是编席快手，一家人生活很好。但是，大姑娘已经年近三十，还没有订婚，原因是母亲不愿失去她这一双织席赚钱的巧手。大姑娘终日默默不语。她的处境，我想会慢慢影响下面那几个逐年长大的妹妹。母亲固然精明，这个决策，未免残酷了一点。

在这个村庄，我还认识了一位姓魏的干部。他是专门被派来招呼剧团的，在这一带是有名的"瞎架"。起先，我不知道这个词儿，后来才体会到，就是好摊事管事的人。凡是大些的村庄，要见世面，总离不开这种人。因为村子里的猪只到处跑，苍蝇到处飞，我很快就拉起痢来，他对我照顾得很周到。

住了一程子，我们又到了郭里口。这是淀里边的一个村庄，当时在生产上，好像很有点名气，经常有人参观。

在大队部，村干部为我们举行了招待会，主持会的是村支部宣传委员刘双库。这个小伙子，听说在新华书店工作过几年，很有口才，还有些派头。

当介绍到我，我说要向他学习时，他大声说："我们现在写的白洋淀，都是从你的书上抄来的。"我大吃一惊。后来一想，他的话恐怕有所指吧。

　　当天下午，我们坐船去参观了他们的"围堤造田"。现在，白洋淀的水，已经很浅了，湖面越来越小，芦苇的面积，也有很大缩减，荷花淀的规模，也大不如从前了。正是荷花开放的季节，我们的船从荷丛中穿过去。淀里的水，不像过去那样清澈，水草依然在水里浮荡，水禽不多，鱼也很少了。确是用大堤围起了一片农场。据说，原是同口陈调元家的苇荡。

　　实际上是苇荡遭到了破坏。粮食的收成，不一定抵得上苇的收成，围堤造田，不过是个新鲜名词。所费劳力很大，肯定是得不偿失的。

　　随后，又组织了访问。因为剧本是女主角，所以访问了抗日战争时期的几位妇救会员，其中一位名叫曹真。她已经四十多岁了。她的穿着打扮，还是30年代式：白夏布短衫，长发用一只卡子束拢，搭在背后。抗日时，她是一位十八九岁的姑娘，在芦苇淀中的救护船上，她曾多次用嘴哺喂那些伤员。她的相貌，现在看来，也可以说是冀中平原的漂亮人物，当年可想而知。

　　她在二十岁时，和一个区干部订婚，家里常常掩护抗日人员。就在这年冬季，敌人抓住了她的未婚夫，在冰封的白洋淀上，砍去了他的头颅。她，哭喊着跑去，收回未婚夫的尸首掩埋了。她还是做抗日工作。

　　全国胜利以后，她进入中年，才和这村的一个人结了婚。她和我谈过往事，又说：胜利以后，村里的宗派斗争，一直很厉害。前些年，有二十六名老党员，被开除党籍，包括她在内。现在，她最关心的，是什么时候才能解决她们的组织问题。她知道，我是无能为力的，她是知道这些年来老干部的处境的。但是，她愿意和我谈谈，因为她知道我曾经是抗日战士，并写过这一带的抗日妇女。

　　在她面前，我深感惭愧。自从我写过几篇关于白洋淀的文章，各地读者都以为我是白洋淀人，其实不是，我的家离这里还很远。

另外，很多读者，都希望我再写一些那样的小说。读者同志们，我向你们抱歉，我实在写不出那样的小说来了。这是为什么？我自己也说不出。我只能说句良心话，我没有了当年写作那些小说时的感情，我不愿用虚假的感情，去欺骗读者。那样，我就对不起坐在对面的曹真同志。她和她的亲人，在抗日战争时期，是流过真正的血和泪的。

这些年来，我见到和听到的，亲身体验到的，甚至刻骨铭心的，是另一种现实、另一种生活。它与抗日战争时期的现实生活，大不一样，甚至相反。抗日战争，是中国共产党领导的一种神圣的战争。人民做出了重大的牺牲。他们的思想、行动升到无比崇高的境界。生活中极其细致的部分，也充满了可歌可泣的高尚情操。

这些年来，林彪等人，这些政治骗子，把我们的党，我们的国家，我们的干部和人民，践踏成了什么样子！他们的所作所为，反映到我脑子里，是虚伪罪恶。这种东西太多了，它们排挤、压抑，直至销毁我头脑中固有的，真善美的思想和感情。这就像风沙摧毁了花树，粪便污染了河流，鹰枭吞噬了飞鸟。善良的人们，不要再责怪花儿不开、鸟儿不叫吧！它受的伤太重了，它要休养生息，它要重新思考，它要观察气候，它要审视周围。

我重游白洋淀，当然想到了抗日战争。但是这一战争，在我心里好像是很久很久以前的事了。它好像是在前一生经历的，也好像是在昨夜梦中经历的。许多兄弟，在战争中死去了，他们或者要渐渐被人遗忘。另有一部分兄弟，是在前几年含恨死去的，他们临死之前，一定也想到过抗日战争。

世事的变化，常常是出于人们意料之外的。每个时代，有每个时代的血和泪。

坐在我面前的女战士，她的鬓发已经白了，她的脸上，有很深的皱纹，她的心灵之上，有很重的创伤。

假如我把这些感受写成小说，那将是另一种面貌、另一种风格。我不愿意改变我原来的风格，因此，我暂时决定不写小说。

但是现在，我身不由主，我不得不参加这个京剧脚本的讨论。我们回到天津，又讨论了很久，还是没有结果。我想出一个金蝉脱壳之计：自己写一个简单脚本，交上去，声明此外已无能为力。

我对京剧是外行，又从不礼拜甚至从不理睬那企图支配整个民族文化的"样板戏"，剧团当然一字一句也没有采用我的剧本。

1979 年 5 月 25 日

万里和万卷

自太史公自叙,谈到游览名山大川,对于作文的帮助,以后苏子由又加以发挥,就渐渐演变成一句通俗白话:读万卷书,行万里路,才能写好文章。

其实,太史公游览名山大川,是为了观察地理形势,听取口碑,搜集史料;苏子由游览名山大川,则是为了开阔胸襟,揽今怀古,以增加为文的气势。

杨衒之的《洛阳伽蓝记》,虽然是记一代的名胜,主要是记载了一些历史人物和事件,读起来是历史,并不是枯燥的地理书。郦道元的《水经注》,则于精密的地理考察之中,随时随地记录一些短小生动的史实,几乎使人忘记了是在读《水经》。这些著作,都可以说是游记的上乘,虽然它们都被列入地理书。

此外,文人的游记,那就浩如烟海,代有名家。真正能传世感人的,也并不太多。尝以为游记一体,应该具有以下几种内涵:

一、有怀古的幽思

二、有临民的热情

三、有高尚的寄托

四、有优美的文字

这四点，是缺一不可的。到一个地方，不知道那里的地理历史，不关心那里的现实生活，游时没有高尚的情操，写时没有富有感染力的文字，那当然就谈不上什么游记了。

其中，文字的表现能力，最为重要。所以说，"两万"的关系，"读万卷"应该在前，"行万里"应该在后；不然，只是走了路，爬了山，还是写不出好的游记来。

中国人，好游不好记。凡是名胜，你去看吧，凡是可以写字的地方，都被游人的题名填满了，甚至不惜刻削污涂，破坏砖石树木。有一年春天，我去逛无锡的梅园，去了几次梅花都不开，最后一次开了，又遇下雨，到后园一间堆放农具的大房子里躲避，四面墙上，也都被吟诗、作画、题名，弄得一塌糊涂。当时我想：这是"泰山刻石""雁塔题名"的遗风吗？这也是一种发表欲的满足吗？梅园前边没有什么可以涂抹的地方，就都到这里来了，难道这是"梅园副刊"的版面吗？

题过名，也就是表明游过了，万事大吉了。如果你请他写一篇游记，他一定摇头。如果我们把那题名的热情，都用来读书写游记，是多么好啊！

1980 年 11 月 21 日晨

近作散文的后记

散文若干篇，是近一二年所写。很多年没有写文章，各方面都很生疏，一旦兴奋起来要写了，先从回忆方面练习，这是轻车熟路，容易把思想情绪理清楚。

这样所写的就都是旧事、往事、琐事。所回忆的几位同志，也都是死去了的。原来，拟名之曰"川上"，意思就是"逝者如斯"。

关于自己生活的回忆，写起来比较简单。因为并没有轰轰烈烈、曲折动人的生活或战斗经历，所作所为，不过是教书写作，按实际说明就是了。

关于别人的回忆，就麻烦一些。初稿内容还多些，修改几次，就所剩无几了。这是因为：或碍于时间，或妨于人事；既要考虑过去，也要顾及将来。对死者倒还简单，对生者就要周到。在写过几篇以后，我才深深领会，鲁迅在30年代所感慨的：古人悼念朋友的文章，为什么都是那么短，而结尾又都那么紧迫！同时也才明白，为什么那些名家所作的碑文墓志都那么空浮飘虚。

"四人帮"当路之时,在这些同志身上,丛集了无数无稽的污蔑之辞。当这些同志,一旦得到昭雪,有人马上转过脸来,要求写出他们的"高大形象"。

我所写的,只是战友留给我的简单印象。我用自己的诚实的感情和想法,来纪念他们。我的文章,不是追悼会上的悼词,也不是组织部给他们做的结论,甚至也不是一时舆论的归结或摘要。

我所写的是我们共同战斗经历的一些断片。我坚决相信,我的伙伴们只是平凡的人,普通的战士,并不是什么高大的形象、绝对化了的人。这些年来,我积累的生活经验之一,就是不语怪力乱神。

我所尊重的同志,都是纯朴和诚实的人。他们的心,对我来说,都是敞开的大门、清澈的潭水。我是可以随便走进去,也轻易就可以看清楚的。我谈到他们的一些优点,也提到他们的一些缺点,我觉得,不管生前死后,朋友同志之间,都应该如此。

他们一生的经历,自然也有并不平凡之处。他们都把青春献给了祖国的艰难时代,他们都为人民刻苦地习练了一技之长。他们最后的遭际,有的是非常不幸的,史无前例的,普通人难以忍受,甚至善良人难以想象的。他们虽然死了,意识形态消失了,但并不是弱者。他们蔑视林彪和"四人帮",他们没有卖身投靠,卖友求荣。他们都是有党性原则的,有时把这一原则,看得比生命还重要。

在青年时代,在艰苦岁月,在战斗中建立起来的感情,就如同板上钉钉。钉虽拔去,板有裂痕。每当我想起他们的时候,心里是充满无限伤痛的。

在30年代,每读鲁迅先生的《为了忘却的记念》,就感动得流下热泪。那时我还很幼稚,很单纯,并不知征途的坎坷,人生的艰险。鲁迅先生对死者的深沉的情感,高尚的道义,教育着我。惭愧的是,鲁迅先生的思想、感情、文字,看来我这一生一世,只能是望尘莫及、望洋兴叹，学习不来了。

但是，古代哲人在川上的感叹，向来被解释为：源远流长，昼夜不停，继往开来，自强不息。因此，我的学习和努力，也不应该一刻停止的。

1978 年 6 月 26 日

散文的感发与含蓄

——给谢大光同志的信

送来的六篇散文,都拜读过了。我以为都写得很好,已经形成你自己的散文风格。文字清丽委婉,能再现当时情景。以下,我谈些读后的感想,这些感想,是因为读过你的散文引起的,但不一定都与你的作品有直接关系。

文无定法。这是说,文章,包括散文,每个人有每个人的写法,没法强求一致,也不应该用自己的爱好,去衡量他人的作品。任何艺术都如此,文字之作尤甚。戏剧有程式,绘画有用笔用墨之法,为师者可当场表演,为徒者可从旁观摩,唯文字却不能。但其中也有规律可循。

我以为中国散文之规律有二:一曰感发。所谓感发,即作者心中有所郁结,无可告语,遇有景物,触而发之,形成文字。韩柳欧苏之散文名作,无不如此。然人之遭遇不同,性格各异,对事物的看法不同,因之虽都是感发,其方面,其深浅,其情调,自不能相同,因之才有各式各样的风格。

二曰含蓄。人有所欲言,然碍于环境,多不能畅所欲言;或能畅所欲言,作者愿所读有哲理,能启发。故历来散文,多尚含蓄,不能一语道破,一揭到底。

散文如果描写过细,表露无余,虽便于读者的领会,能畅作者之欲言,但一览之后,没有回味的余地,这在任何艺术,都不是善法。

读过你的散文,感到你对事物,有探索的热情,有天真直爽的感慨,文字运用,有充分表现的能力,但感发有时浅近,表现有时过露,这自然是与年岁经历有关,不足为怪。以上所谈,只供你思考,并和你讨论。

1984 年 6 月 23 日晨

《贾平凹散文集》序

我同贾平凹同志,并不认识。我读过他写的几篇散文,因为喜爱,我发表了一些意见。现在,百花文艺出版社要出版他的散文集了,贾平凹来了两封信,要我为这本集子写篇序言。我原想把我发表过的文章,作为代序的,看来出版社和他本人,都愿意我再写一篇新的。那就写一篇新的吧。其实,也没有什么新鲜意思了。从文章上看(对于一个作家,主要是从文章上看),这位青年作家,是一位诚笃的人,是一位勤勤恳恳的人。他的产量很高,简直使我惊异。我认为,他是把全部精力、全部身心都用到文学事业上来了。他已经有了成绩,有了公认的生产成果。

但我在他的发言中或者通信中,并没有听到过他自我满足的话,更没有听到过他诽谤他人的话。他没有否定过前人,也没有轻视过同辈。他没有对中国文学的传统,特别是"五四"以来的现实主义传统,发表过似是而非的或不自量力的评论。他没有在放洋十天半月之后,就侈谈英国文学如何、法国文学又如何,或者东洋人怎样说,西洋人又怎样说。在他的身旁，好像也没有一帮人或一伙人，互相哄捧，轮流坐轿。他像是在一块不大的园田里，在炎炎烈日之下，或细雨蒙蒙之中，头戴斗笠，只身一人，弯腰操作，耕耘不已的青年农民。

贾平凹是有根据地、有生活基础的。是有恒产，也有恒心的。他不靠改编中国的文章，也不靠改编外国的文章。他是一边学习、借鉴，一边进行尝试创作的。他的播种，有时仅仅是一种试验，可望丰收，也可遭歉收。可以金黄一片，也可以良莠不齐。但是，他在自己的耕地上，广取博采，仍然是勤勤恳恳、毫无怨言，不失信心地耕作着。在自己开辟的道路上，稳步前进。我是喜欢这样的文章和这样的作家的。所谓文坛，是建筑在社会之上的，社会有多么复杂，文坛也会有多么复杂。有各色人等，有各种文章。作家被人称作才子并不难，难的是在才子之后，不要附加任何听起来使人不快的名词。中国的散文作家，我所喜欢的，先秦有庄子、韩非子，汉有司马迁，晋有嵇康，唐有柳宗元，宋有欧阳修。这些作家，文章所以好，我以为不只在文字上，而且在情操上。对于文章，作家的情操，决定其高下。悲愤的也好，抑郁的也好，超脱的也好，闲适的也好。凡是好的散文，都会给人以高尚情操的陶冶。王羲之的《兰亭集序》，表面看来是超脱的，但细读起来，是深沉的，博大的，可以开阔，也可以感奋的。闲适的散文，也有真假高下之分。"五四"以后，周作人的散文，号称闲适，其实是不尽然的。他这种闲适，已经与魏晋南北朝的闲适不同。很难想象，一个能写闲适文章的人，在实际行动上，又能一心情愿地去和入侵的敌人合作，甚至与敌人的特务们周旋。他的闲适超脱，是虚伪的。因此，在他晚期的散文里，就出现了那些无聊的、烦絮的甚至猥亵抄袭的东西。他的这些散文，就情操来说，既不能追踪张岱，也不能望背沈复，甚至比袁枚、李渔还要差一些吧。情操就是对时代献身的感情，是对个人意识的克制，是对国家民族的责任感，是一种净化的向上的力量。它不是天生的心理状态，是人生实践、道德修养的结果。浅薄轻佻、见利而动、见势而趋的人，是谈不上什么情操的。他们写的散文，无论怎样修饰，如何装点，也终归是没有价值的。我不敢说阅人多矣，更不敢说阅文多矣，就仅有的一点经验来说，文艺之途正如人生之途，过早的金榜、骏马、高官、高楼，过多的花红热闹，鼓噪喧腾，并不一定是好事。

　　人之一生，或是作家一生，要能经受得清苦和寂寞，经受得污蔑和凌辱。要之，在这条道路上，冷也能安得，热也能处得，风里也来得，雨里也去得。在历史上，到头来退却的，或者说是销声匿迹的，常常不是坚定的战士，而是那些跳梁的小丑。

1982年6月5日晨起改讫

芸斋琐谈

谈忘

记得抗日期间，在山里工作的时候，与一位同志闲谈，不知谈论的是何题何事，他说："人能忘，和能记，是人的两大本能。人不能记，固然不能生存；如不能忘，也是活不下去的。"

当时，我正在青年，从事征战，不知他说这种话，是什么意思，从心里不以为然。心想：他可能是有什么不幸吧，有什么不愉快的事，压在他的心头吧。不然，他为什么强调一个忘字呢？

随着年龄的增长，随着经验的增加，随着喜怒哀乐、七情六欲的交织于心，有时就想起他这句话来，并开始有些赞成了。

鲁迅的名文：《为了忘却的记念》，不就是要人忘记吗？但又一转念：他虽说是叫人忘记，人们读了他的文章，不是越发记得清楚深刻了吗？思想就又有些糊涂起来了。

有些人，动不动就批评别人有"糊涂思想"。我很羡慕这种不知道是天生来，还是吃了什么灵丹妙药，一生到头，保持着清水明镜一般头脑，保持着正确、透明的思想的人。想去向他求教，又恐怕遭到斥责、棒喝，就又中止了。

说实话，青年时，我也是富于幻想，富于追求，富于回忆的。我可以坐在道边，坐在树下，坐在山头，坐在河边，追思往事，醉心于甜蜜之境，忘记时间，忘记冷暖，忘记阴晴。

但是，这些年来，或者把时间明确一下，即十年动乱以后，我不愿再回忆往事，而在忘字上下功夫了。

每逢那些年、那些事、那些人，在我的记忆中出现时，我就会心浮气动，六神失据，忽忽不知所归，去南反而向北。我想：此非养身立命之道也。身历其境时，没有死去，以求解脱。活过来了，反以回忆伤生废业，非智者之所当为。要学会善忘。

渐渐有些效果，不只在思想意识上，在日常生活上，也达观得多了。比如街道之上，垃圾阻塞，则改路而行之；庭院之内，流氓滋事，则关门以避之。至于更细小的事，比如食品卫生不好，吃饭时米里有沙子，菜里有虫子，则合眉闭眼，囫囵而吞之。这在疾恶如仇并有些洁癖的青年时代，是绝对做不到的，目前是"修养"到家了。

当然，这种近似麻木不仁的处世哲学，是不能向他人推行的。我这样做，也不过是为了排除一些干扰，集中一点精力，利用余生，做一些自己认为有用的工作。

记忆对人生来说，还是最主要的，是积极向上的力量。记忆就是在前进的时候，时常回过头去看看，总结一下经验。

从我在革命根据地工作，学习作文时，就学会了一个口诀：经、教、优、缺、模。经、教就是经验教训。无论写通讯，写报告，写总结，经验教训，总是要写上一笔的。在很长一段时间里，我们因为能及时总结经验，取得教训，使工作避免了很多错误。但也有那么一段时间，就谈不上什么总结经验教训了，一变而成了任意而为或一意孤行，酿成了一场浩劫。

中国人最重经验教训。虽然有时只是挂在口头上。格言有：前事不忘，后事之师。前车之覆，后车之鉴。书籍有唐鉴、通鉴……所以说，不能一味地忘。

1982 年 7 月 14 日

谈迂

不谙世情谓之迂，多见于书呆子的行事中。

鲁迅先生记述：他尝告诉柔石，社会并不像柔石想的那么单纯，有的人是可以做出可怕的事情来的，甚至可以做血的生意。然而柔石好像不相信，他常常睁大眼睛问道：可能吗？会有这种事情吗？

这就叫作迂。凡迂，就是遇见的险恶少，仍以赤子之心待人。鲁迅告诉柔石的是 1927 年的事。现在，时值三伏大热，我记下几件 1967 年冬天的琐事，一则消暑，二则为后来人广见闻增加阅历。

一、我到干校之前，已经在大院后楼关押了几个月。在后楼时，一位兼做看管的女同志，因为我体弱多病，在小铺给我买了一包油茶面。我吃了几次，剩了一点点，不忍抛弃，随身带到干校去。一天清理书包，我把它倒进茶杯里，用开水冲着吃了。当时，我以为同屋都是难友，又是多年同事，这口油茶又是从关押室带来的，所以毫无忌讳，吃得很坦然。当时也没有人说话。第二天清早，群众专政室忽然调我们全棚到野外跑步，回到室内，已经大事搜查过，目标是：高级食品。可惜我的书包里，是连一块糖也搜不出来了。

二、刚到干校时，大棚还没修好，我分到离厨房近的一间小棚。

有一天，我睡下的比较早，有一个原来很要好，平日并对我很尊重的同事，进来说："我把这镰刀和绳子，放在你床铺下面。"

当时，我以为他去劳动，回来得晚了，急着去吃饭，把东西先放在我这里。就说："好吧。"

第二天早起，照例专政室的头头要集合我们训话。这位头头，是一个典型的天津青皮、流氓、无赖。素日以心毒手狠著称。他常常无事生非，找碴挑错，不知道谁倒霉。这一天，他先是批判我，我正在低头听着的时候，忽然那位同事说："刚才，我从他床铺下，找到一把镰刀和一条绳子。"

我非常愤怒，不知是从哪里飞来的勇气，大声喝道："那是你昨天晚上放下的！"

他没有说话，专政室的头头威风地冲我前进一步，但马上又退回去了。

在那时，镰刀和绳子，在我手里，都会看作凶器的，不是企图自杀，就是妄想暴动，如不当场揭发，其后果是很危险的，不堪设想的。所以说，多么迂的人，一得到事实的教训，就会变得聪明了。当时排队者不下数十人，其中不少人，对我的非凡气概为之一惊，称快一时。

三、有一棚友，因为平常打惯了太极拳，一天清早起来劳动之前，在院子里又比划了两下。有人就报告了专政室，随之进行批判。题目是："锻炼狗体，准备暴动！"

四、此事发生在别的牛棚，是听别人讲的，附录于此。棚长长夏无事，搬一把椅子，坐在棚口小杨树下，看"牛鬼蛇神"们劳动。忽然叫过一个知识分子来，命令说："你拔拔这棵杨树！"

这个人拔了拔说："我拔不动！"

棚长冷笑着对全体"牛鬼蛇神"说："怎么样？你们该服了吧，蚍蜉撼树谈何易！"

这可以说是对"迂"人开的一次玩笑。但经过这场血的洗礼，我敢断言，大多数的迂夫子，是要变得聪明一些了。

1982 年 7 月 15 日清晨

暑期已届，大院只有此时安静

谈书

古人读书，全靠借阅或抄写，借阅有时日限制，抄写必费纸墨精神。所以对于书籍，非常珍贵，偶有所得，视为宝藏。正因为得来不易，读起书来，才又有悬梁刺股、囊萤映雪等刻苦的事迹或传说。

书籍成为商品，是印刷术发明并稍有发展以后的事。保存下来的南宋印刷的书籍，书前或书后，都有专卖书籍的店铺名称牌记，这是书籍营业的开端。

什么东西，一旦成为商品，有时虽然定价也很高，但相对地说，它的价值就降低了。因为得来的机会，是大大的增多了。印刷术越进步，出版的数量越多，书籍的价格越低落。这是经济法则。

但不管书的定价多么便宜，究竟还是商品，有一定的读者对象，有一定的用场。到了明朝，开始有些地方官吏，把书籍作为礼物，进京时把它送给与他有关的上司或老师，当时叫作"书帕"。这种本子多系官衙刻版，钦定著作，印刷校对，都不精整，并不为真正学者所看重。但在官场，礼品重于读书，所以那些上司，还是乐于接受，列架收储，炫耀自己饱学，并对从远地带书来送的"门生"，加以青睐，有时还嘉奖几句："看来你这几年，在地方做官，案牍之余，还是没有忘记读书啊！政绩一定也很可观了。可喜,可贺!"

你想,送书的人,既不担纳贿之名,致干法纪,又听到老师或上司的这种语言,能不手舞足蹈而进一步飘飘然吗?书帕中如果有自己的著作,经过老师广为延誉,还可能得奖。

但这究竟是送礼,并不是白捡。小时赶庙会,摆在小贩木架上的书买不起,却遇到一个农民模样的人,背来一口袋小书,散一些在戏台前面地方,任人翻阅,并且白送。这确曾使我喜出望外,并有些莫名其妙了。天下还有不要钱的书?蹲在地上,小心翼翼地挑了两本,都是福音,纸张印刷,都很好,远非小贩卖的石印小书可比。但来白捡的人士,好像也寥寥无几。后来才知道,这是天主教的宣传品。

参加革命工作以后,很长时间是供给制,除去鞋帽衣物以外,因为是战争环境,不记得发放过什么书籍。

发书最多也最频繁,是十年动乱后期,"批儒批孔"之时。这一段时间,发材料,成为机关干部日常生活中不可分割的一部分。见面的时候,总是问:"你们那里有什么新的材料,给我来一点好吗?"

几乎每天,"发材料"要占去上班时间的大半。大家争先恐后,争多恐少,捆载回家,堆在床下,成为一种生活"乐趣"。过上一段时间,又作为废品,卖给小贩,小本每斤一角二分,大本每斤一角八分。收这种废品的小贩,每日每时,沿街呼喊,不绝于路。

我不知道,有没有收藏家或图书馆,专门收集那些年的所谓"材料",如果列一目录,那将是很可观的,也是很有意义的。而且有些"材料",虽是胡说八道,浅薄可笑,但用以印刷的纸张,却是贵重的道林纸,当时印辞书字典,也得不到的。

以上是十年动乱时期的情况。目前,赠书发书的现象,也不能就说是很少见了。什么事,不管合理不合理,一旦形成习惯,就不好改变。现在有的刊物,据说每期赠送之数,以千计;有的书籍,每册赠送之数，以百计。

赠送出去这么多，难道每一本都落到了真正需要、真正与工作有关的人士手中了吗？

旧社会，鲁迅的作品，每次印刷，也不过是一千本。鲁迅虽称慷慨，据记载，每次赠送，也不过是他那几位学生朋友。出版鲁迅著作最多的北新书局，是私人出版商，而且每本书后面，都有鲁迅的印花，大概不肯也不能大量赠送。

从另一方面说，鲁迅在当时文坛，可以说是权威，看来当时的书店或杂志社，也并没有把每一本新书、每一期杂志，都赠送给他。鲁迅需要书，都要托人到商务印书馆或北新书局去买。

书籍虽属商品，但究竟不是日用百货，对每人每户都有用。不宜于大赠送、大甩卖，那样就会降低书籍的身价。而且对于"读书"，也不会有好处。

1982 年 7 月 25 日雨

谈稿费

卖文为生，古已有之。有一出旧戏词中唱道："王先生在大街，把文章来卖；我见他文章好，请进府来。"请进来当家庭教师，还是解决生活问题。另一出旧戏，也有一个文人，想当家庭教师也难，他在大街吆喝："教书，教书。"没人买他的账，饥饿不过，就到人家地里去偷蔓菁吃，传为笑谈。

想写点稿子，换点稿费，帮助生活，这并没有什么不光彩。我在北平流浪的时候，就有过这个打算。弄了一年半载，要说完全失败，也不是事实，只得到《大公报》三块钱的稿费，开明书店两块钱的书券（只能用来买它出版的书，也好，我买了一本《子夜》）。

　　抗日战争时期，没有稿费一说。大家过那么苦的生活，谁还想到稿费？1941年，我在冀中写了《区村和连队的文学写作课本》，有十多万字。因为我是从边区文协来的，有帮助工作的性质，当时在冀中主持文化工作的王林同志，曾拟议给我买一支钢笔作为报酬，大概也没有成为事实，我就空手回去了。1947年，这本书，在冀中新华书店铅印出版，那时我在家乡活动，一直步行，曾希望书店能给我些稿费，买一辆旧自行车。结果，可能是给了点稿费，但不过够买一个给自行车打气的"气筒"的钱。

　　建国以后，有了稿费，这种措施，突然而又突出，很引起社会上的一些注目。其结果，究竟是利多，还是弊多，现行的如何，以后又该如何，都不在这篇文章的检讨和总结范围之内。不过，我可以断定：在十年动乱时，有些作家和他们的家属，遭遇那样悲惨，是和他们得到的稿费多，有直接关系。

　　1948年平分土地之时，周而复同志托周扬同志带给我一笔稿费，是在香港出版，题为《荷花淀》的一本小说集的稿费。那时我在饶阳农村工作，一时不能回家，物价又不断上涨，我托村里一个粮食小贩，代我籴了三斗小米，存在他家里。因为那时我父亲刚刚去世，家里只有老母、弱妻和几个孩子，没有劳动力，准备接济一下他们的生活。这可以说是我第一次得到写作的经济效益。

　　现在，国家正推行新的经济政策和这方面的宣传，社会以及作家本身对稿费一事，是什么看法，我就不太清楚了。我只是想对有志于文学的青年，说明这样一个道理：各种工作，对国家社会的各种贡献，都应该得到合理的报酬，文学事业也不例外，但也不能太突出。另外，得到稿费，是写作有了真正成绩，达到了发表水平的结果，并不是从事文学工作的前提。真正成绩的出现，要经过一段艰苦的努力，这种努力有时需要十年，有时需要二十年，各人的情况不等。文章不能发表，主要是个人努力不够功夫不到所致，大多数，并非是客观环境硬给安排的不幸下场。

不要只看见别人的"名利兼收"，就断定这是碰命运轻而易举的事，草草成篇，扔出去就会换回钞票来。

那是要耽误自己的。

1982 年 12 月 8 日

谈师

新年又到了。每到年关，我总是用两天时间，闭门思过：这一年的言行，有哪些主要错误？它的根源何在？影响如何？

今年想到的，还是过去检讨过的："好为人师。"这个"好"字，并非说我在这一年中，继续沽名钓誉，延揽束俗。而是对别人的称师道友，还没有做到深拒固闭，严格谢绝，并对以师名相加者进行解释，请他收回成命。

思过之余，也读了一些书。先读的是韩愈的《师说》。韩愈是主张有师的，他想当别人的师，还说明了很多非有师不可的道理。再读了柳宗元的《答韦中立论师道书》。柳宗元是不主张为人师的。他说，当今之世，谈论"师道"，正如谈论"生道"一样是可笑的，并且嘲笑了韩愈的主张和做法。话是这样说，柳宗元在信中，还是执行了为师之道，他把自己一生做文章的体会和经验，系统地、全面地、精到地、透彻地总结为下面一段话：

> 故吾每为文章，未尝敢以轻心掉之，惧其剽而不留也；未尝敢以怠心易之，惧其弛而不严也；未尝敢以昏气出之，惧其昧没而杂也；未尝敢以矜气作之，惧其偃蹇而骄也。……

来信者正是向他求问为文之道，需索的正是这些东西，这实际上等于是做了人家的老师。

这几年来，又有人称呼我为老师了。最初，我以为这不过是像前些年的"李师傅、张师傅"一样，听任人们胡喊乱叫去算了。久而久之，才觉得并不如此简单，特别是在文艺界，不只称师者的用心、目的，各有不同；而且，既然你听之任之，就要承担一些责任和义务。例如对学生只能帮忙、捧场、恭维、感谢，稍一不周，便要追问"师道何在？"等等。

最主要的，是目前我还活着，还有记忆，还有时要写文章。我所写的回忆文章，不能不牵扯到一些朋友、师长，一些所谓的学生。他们的优点，固然必须提到，他们的缺点和错误，有时在笔下也难避免。人非圣贤，孰能无过？

是的，我写回忆，是写亲身的经历、亲身的感受。有时信笔直书，真情流放，我会忘记了自己，忘记了亲属，忘记了朋友师生。就是说这样写下去，对自己是否有利，对别人是否有妨？已经有不少这样的例证，我常常为此痛苦，而又不能自制。

近几年，我写的回忆，有关"四人帮"肆虐时期者甚多。关于这一段的回忆，凡我所记，都是我亲眼所见，亲身所受，六神所注，生命所关。铭心刻骨，印象是非常鲜明清楚的。在写作时，瞻前顾后，字斟句酌，态度也是严肃的。发表以后，我还唯恐不翔实，遇见机会，就向知情者探问，征求意见。

当然，就是这样，由于前面说过的原因，在一些具体问题上，还是难免有出入，或有时说得不清楚。但人物的基本形象，场面的基本气氛，一些人当时的神气和派头，是不会错的，万无一失的。绝非我主观臆造，能把他们推向那个位置的。

我写文章，向来对事不对人，更从来不会有意给人加上什么政治渲染，这是有言行可查的。但是近来发现，有一种人，有两大特征：一是善于忘记他自己的过去，并希望别人也忘记；二是特别注意文章里的"政治色彩"，一旦影影绰绰地看到别人写了自己一点什么，就口口声声地喊："这是政治呀！"这是他们从那边带过来的老脾气、老习惯吧？

呜呼！现在人和人的关系，真像《红楼梦》里说的："小心弄着驴皮影，千万别捅破那层纸。"捅破了一点，就有人警告你要注意生前和身后的事了。老实说，我是九死余生，对于生前也好，身后也好，很少考虑。考虑也没用，谁知道天下事要怎样变化呢？今日之不能知明日如何，正与昨日之不能知今日如何相等。当然，有时我也担心，"四人帮"有朝一日，会不会死灰复燃呢？如果那样，我确实就凶多吉少了。但恐怕也不那么容易吧，大多数人都觉悟了。而且我也活不了几年了。

至于青年朋友，来日方长，前程似锦，我也就不必高攀，祝愿他们好自为之吧。

我也不是绝对不想一想身后的事。有时我也想，趁着还能写几个字，最好把自己和一些人的真实关系写一写，以后彼此之间，就不要再赶趁得那么热闹，凑合得那么近乎，要求得那么苛刻，责难得那么深了。大家都乐得安闲一些。这也算是广见闻、正视听的一途吧，也免得身后另生歧异。

因此，最后决定：除去我在育德中学之平民学校教过的那一班女生，同口小学教过的三班学生，彼此可以称做师生之外；抗战学院、华北联大、鲁艺文学系，都属于短期训练班，称做师生勉强可以。至于文艺同行之间，虽年龄有所悬殊，进业有所先后，都不敢再受此等称呼了。自本文发表之日起实行之。

1982年12月23日下午一时三十分

谈友

《史记》："廉颇之免长平归也，失势之时，故客尽去。及复用为将，客又复至。廉颇曰：'客退矣！'客曰：'吁！君何见之晚也！夫天下以市道交，君有势，我则从君；君无势则去，此固其理也，有何怨乎！'"

这当然记的是要人，是名将，非一般平民寒士可比。但司马迁的这段描述，恐怕也适用于一般人。因为他记述的是人之常情、社会风气，谁看了也能领会其妙处的。

他所记的这些"客"，古时叫作门客，后世称做幕僚，曹雪芹名之为清客，鲁迅呼之为帮闲。大体意思是相同的，心理状态也是一致的。不过经司马迁这样一提炼，这些"客"倒有些可爱之处，即非常坦率，如果我是廉颇，一定把他们留下来继续共事的。

问题在于，司马迁为什么把这些琐事记在一员名将的传记里？这倒是从事文学创作的人，应该有所思虑的。我认为，这是司马迁的人生体验，有切肤之痛，所以遇到机会，他就把这一素材，做了生动突出的叙述。

司马迁在一篇叙述自己身世的文章里说:"家贫,货赂不足以自赎。交游莫救,左右亲近不为一言。"柳宗元在谈到自己的不幸遭遇时,也说:"平居闭门,口舌无数。况又有久与游者,乃岌岌而操其间哉!"

这都是对"友"的伤心悟道之言。非伤心不能悟道,而非悟道不能伤心也!

但是,对于朋友,不能要求太严,有时要能谅。谅是朋友之道中很重要的一条。评价友谊,要和历史环境、时代气氛联系起来。比如说,司马迁身遭不幸,是因为他书呆子气,触怒了汉武帝,以致身下蚕室。朋友们不都是书呆子,谁也不愿意去碰一碰腐刑之苦。不替他说话,是情有可原的。当然,历史上有很多美丽动听的故事,什么摔琴呀、挂剑呀,那究竟都是传说,而且大半出现在太平盛世。柳宗元的话,倒有些新的经验,那就是"久与游者"与"岌岌而掺其间"。

例如在前些年的动乱时期,那些大字报、大批判、揭发材料,就常常证实柳氏经验。那是非常时期,有的人在政治风暴袭来时,有些害怕,抢先与原来"过从甚密"的人,划清一下界限,也是情有可原的。高尔基的名作《海燕之歌》,歌颂了那么一种勇敢的鸟,能与暴风雨搏斗。那究竟是自然界的暴风雨。如果是"四人帮"时期的政治暴风雨,我看多么勇敢的鸟,也要销声敛迹。

但是,当时的确有些人,并不害怕这种政治暴风雨,而是欢呼这种暴风雨,并且在这种暴风雨中扶摇直上了。也有人想扶摇而没能扶摇上去。如果有这样的朋友,那倒是要细察一下他在这中间的言行,该忘的忘,该谅的谅,该记的记,不能不小心一二了。

随着"四人帮"的倒台,这些人也像骆宾王的诗句"倏忽搏风生羽翼,须臾失浪委泥沙",又降落到地平面上来了,当今政策宽大,多数平安无恙。

既是朋友,所谓直、所谓谅,都是两方面的事,应该是对等相待的。但有一些翻政治跟头翻惯了的人,是最能利用当前的环境和口号的。例如你稍稍批评他过去的一些事,他就会说,不是实事求是呀,极不严肃呀,政治色彩呀。好像他过去的所作所为、所言所行,都与政治无关,都是很严肃、很实事求是的。对于这样的朋友,不交也罢。

当然,可不与之为友,但也不可与之为敌。

以上是就一般的朋友之道,发表一些也算是参禅悟道之言。

至于有一种所谓"小兄弟","哥们义气"之类的朋友,那属于另一种社会层和意识形态,不在本文论列之内,故从略。

1983年1月9日下午

文林谈屑

电报约稿

随着现代化的进展,现在有不少刊物,用电报约稿了。本来也没有那么急,写封信也可以办事,却常常拍电报。甚至刊物还没有创刊,就用电报把办刊宗旨、编辑条例等,用一二百字,甚至五六百字的电文,拍给作者。

有人说,这样做,一方面表示隆重,作者受此隆重待遇,必有感动,感动之后,必有佳作。另外,也表示刊物仪态大方,不怕花钱。

电报约稿,在别人那里发生的效果如何,不得而知,在我这里得到的反映,却不太理想。

我们这里送电报,不知为什么都集中在晚上8点半以后。8点半以后这个时间,对一般职工来说,当然不能说是太晚,可能一家人正在围桌吃饭,电报送来,送接都比较方便。但我是有病又上了年岁的人,8点钟我就上床睡下了。正睡得迷迷糊糊,先是院里大声传呼,然后是通通敲门砸窗,邻居惊扰,鸡犬不宁。又加上我是一人孤处,家无应门三尺童子,披衣起床,开灯找图章,踉跄跑出,既怕跌倒,又怕感冒。送报人走了以后，好久安静不下来，甚至失眠半夜。这样一来，心里先有三分反感，写稿的事情，就受了影响。

我觉得现在的刊物，主要是提高编辑质量和校对印刷质量。如果刊物的内容空洞，编校不负责任，出版拖期，只是在约稿上现代化，其作用是一定有限的。

小说名目

目前，小说的名目，越来越小了。有小小说、短小说、袖珍小说、一分钟小说、微型小说等。小说的名目越来越小，而短篇小说仍是越来越长，这是什么缘故呢？因为，只是在名目上打转儿，并解决不了实际问题，何况这种做法，是一种退却的，甚至是全线崩溃的做法呢！骛名者，必寡实，在这个问题上，也是同样。

我们的习惯，是立一个新名目，还要找到一个旧根据。例如微型小说，现在就在中国古典小说中，找到了不少根据，证明古已有之。是的，给微型小说找祖先，在中国古典文库中，是俯拾皆是的。虽然实质上并不一定相同。比起前些日子给意识流小说找中国祖先，总是容易得多了。硬拉中国古旧小说，称为中国早已有之的意识流，那确是很牵强附会的。

问题当然不在于有没有中国祖先，有用的东西，纯属舶来之品，有何不好呢？我们不是都在用着吗？

立了这么多短小的名目，短篇小说的长风，并没有刹住，于是有人就主张再建立一种"中短篇"的小说形式，不知试验成功了没有？

长者自长，短者自短，并存也可。这都是就形式讲话。其实，长短并不在名目,而在生活内容。生活内容空虚者,其作品必长。因为他没有实质的东西,必须去现编故事,故事又须编得圆满、热闹,自然就长起来了。反之,有生活根柢的人,他的作品必短。因为他须从丰富的积累中,选择其最有意义、最有表现力的部分。

如果没有生活的实质,只叫他往短里写,形式虽然微型了,其内涵也就濒于无形了。

1982 年 6 月 19 日晚

自然生态

自然生态之奥秘,现所知者虽甚少,莫能究其终极,然表现于生物者,其复杂微妙,已使人瞠目结舌。一物之生,必有依附。有促进其生长者,有破坏其生长者。有貌似促进,而实际破坏者;有表面对其有害,而实际对其有益者。有道有魔,道魔相生相克,形成壮丽的大自然,奇异层出,仪态万千。

文坛亦小自然也,亦有其自然生态。一个作家,如是一株植物,则根生于土壤,吐纳为氧氮。在它周围,或者在它身上,有蜂蝶、有虫蚁、有细菌。有风、有雨、有雹。有养护、有践踏、有修剪、有摧折。如系动物,则虎前必有伥,腥者,必有蝇飞蚁附。千年万年,都是这个样子。

大家看过《红楼梦》,贾政身边有几位清客。他这几位清客,和《金瓶梅》里西门庆身边的帮闲,大不相同,然其生活方式、生存目的则一样。贾政当然算不上一个作家,但他确是一个权威。在他那个文坛上，总是由他拍板算数的。

清客在旧社会，是一种行业，并不是人人都干得来的。他要有一定的政治嗅觉，知道该到谁家去，不该到谁家去。要有一定的文化修养，还要有一定的专长。其中有的人，如果努力发展他的专长，也可以自立成家，不再当清客。但多数人就以此业，了此一生。

除去文化修养，他还要有社会经验。特别要懂得人情世故，其中主要一点，就是拍马捧场。

贾宝玉在大观园吟诗题匾那一段，就充分表现了清客这一行的真正功夫。每一发言，都要看贾政的脸色，还要照顾到宝玉的情绪。在老权威和青年作家中间，折中迎合，两方面得其欢心，这是很不容易的。

清客一途，其鼎盛时期，随着八旗子弟的消亡而消亡了。但随着新势力的兴起，有些人又复活了。在文坛上，这种人也是不可少的，也属于自然生态的一部分。想叫他不活动，是不可能的，也不一定是有利的。

但在这些人的包围之下，主人是要保持清醒头脑的。因为，凡是清客，都是走家串户的，并非专主一家。他到甲家，则为甲家之清客；到乙家，则又为乙家之清客。在你这里，说的是一番语言；在别处，说的就又是另一番语言了。

1982 年 6 月 20 日晨

文字疏忽

近日，在一家地方报纸上，看到把程伟元排印成了程伟之，这可能是排错了，校对和编辑，对这个人名生疏，看不出错来。又在一家地方出版的文艺理论小报上，看到把章太炎的名，排印成了"炳鹿"，赫然在目，大吃一惊。一转念，这也无需大惊小怪，编辑不知道章太炎名炳麟，在当今之世，实乃平常。又在一家销路很广专为文学青年办的杂志上，看到把一句古诗"乐莫乐兮新相知"，排印为"禾莫禾兮渐渐相知"，初看甚费解，特别是"渐渐"二字。后来一想，这很可能是原稿的字不好辨认，因此把乐排成了禾苗的禾。但既是一句诗，本来是七个字，现在排成"渐渐相知"，明显地成了八个字，就没有引起编辑同志的注意吗？又听说，这家刊物有会签制度，即一篇稿件，要经过众多的编辑人员"会签"意见，发生了这样重大的错误，怎么也看不到个更正呢？

（可能要有更正，笔者尚未见到。）

总之，现在印刷品上错误太多了，充分表现了常识的缺乏。青年人从这种刊物上，得到一点知识，先入为主，以后永远记着章太炎名"炳鹿"，岂不是贻误后生吗？

当然，在有些人看来，这都是芝麻粒小事。知道章太炎名炳麟，不一定就会升官晋爵，不知道，也许会官运亨通。当然读书和做官，是两回事，不读书，照样可以做官，甚至可以当刘项。但当编辑，也是如此吗？可能，可能。因为编辑还可以升组长，编辑部副主任、主任，副主编、主编，官阶在眼前，正是无止境呢！把精力时间，用在读书上对前程有利，还是用在拉拢关系上和培植私人势力上有利，有些人的取舍，是会大不相同的。因此，刊物也只好编成这个样儿了。销路日渐下降，自有国家填补，自己的官阶，可是要一步步登上去，不能稍有疏忽的。

有些人确实对文字疏忽大意，对宦途和官级斤斤计较，甚至"盯"和"瞪"两个字的含义也分不清，而历任"编辑部具体负责人""编辑部主任"之职,平日如何看稿,就可想而知了。

1982 年 12 月 30 日下午

刊物面目

我还记得,在十年动乱后期,作为门面,"四人帮"在各地恢复了文艺刊物,名称一律是文艺之上,冠以地名。封面、版式、内容,都是清一色的,排列在报刊架上,整齐划一,而一本一本翻过,实在没有不同特点的新鲜内容。

"四人帮"倒台以后,各省市的大批判组、创评组之类的名义取消,刊物也逐渐改易了一些名字,或以名胜,或以花朵,看来是有些差异了,但是版式大小,内容编排,还是有划一之感。在文章编排上,一般都是四大类:小说、散文、诗歌、评论。各有固定地位、固定页码、固定负责人,编辑部成为一种割据之势。当然作品的内容和"四人帮"时期,已有很大差异,但如果永远保持这样一种"千刊一面"的状态,也有些和刊头经常呼喊的"革新""创新"的口号,不大协调。考其原因,是刊物的名称虽换,而编辑部的体制,则仍是钟虡不移,庙貌未改。新出的大型文艺刊物,如双月刊、三月刊之类,在版式编排上,也有这种仿照行事的现象。

文章题目

　　近年读文章，无论对内容，如何评价，对文章题目，却常常有互相因袭的感觉。例如杂文，几乎每天可以看到"从……谈起"这样的题目，散文则常常看到"……风情"之类。最近一个时期，小说则多"哼、哈、啊、哦"语助之辞的题目，真可说是"红帽哼来黑帽啊，知县老爷看梅花"，有些大煞风景之感。当然，文章好坏，应从内容求之，不能只看题目，但如果"千文一题"，也有违创新、突破之义吧？

　　曹雪芹写了一部小说，翻来覆去想了那么多的题目，列之篇首，各有千秋，使人深思，不忍舍去。我们既然"创造"出来一篇作品，何不再费些功夫，创造个与前人不同的题目，反而去模仿别人已经用过的甚至用滥的题式呢？

　　当然，我们过去在政治生活中，曾有过人云亦云，顺杆爬，踩着别人脚印走的时期；在经济生活中，也曾有过吃大锅饭，穿一色衣服的时期。但这些随大流的思想，不能应用于今天的文化，今天的创作。其理甚明，就无须再说了。

1983 年 1 月 5 日下午新的一年试笔

评论家的妙语

凡是有记忆能力的人，凡是关心文坛事业的人，都能记得，这些年，在一些评论家的笔下，赞扬了多少短篇小说、中篇小说和长篇小说。在他们笔下，经常使用的赞美词，是创造了某种典型，某种英雄人物，和某一方面的史诗，或者客气一点说，历史的画卷。典型、史诗、画卷，差不多可以从每一篇文学评论中看到。在我们的印象里，小说创作，典型人物到处是，史诗画卷，毫无疑问地汗牛充栋了。

可是，今天读了一位评论家对小说创作的估计，却用的是"呼唤史诗的时候已经到来"——这样带有保留性的词儿。这是怎么一回事？前此所说的那些史诗，都不算数了吗？

只是到了呼唤的时候。呼唤史诗和肯定了那么多史诗，相差远矣。而呼唤是很难保证的。可以一呼即出，也可以千呼万唤始出，也可以呼而不应，始终不出。

这种带有保留的提法，究竟比那些胡吹乱捧，慎重可靠得多了。这样提，也不一定就产生悲观的结果。正像胡吹乱捧不一定能产生乐观的结果一样。因为一部长篇小说，能否成为史诗，并不是一位评论家或几位评论家，一呼即出，一言可定的。史诗要出来，也不一定等人呼唤。你呼唤它，它也许出不来，你不呼唤它，它也许就出来了。总而言之，出现一部真正的史诗，像创造出一个真正的文学典型一样，并不是那么轻而易举的事，也不是评论家随心所欲的事，而是时代和社会的推动，作家认真努力的结果。

作品不是史诗，怎样吹，有多少人吹，也吹不成史诗。或者当了几年"史诗"，又被人们忘记了，这算什么史诗？典型人物，也是如此。

　　评论家拿着"典型人物""史诗"，去送给作家，好像也不费什么力气，又不花钱。其实这种做法，不只无助于典型、史诗的到来，反而会阻碍典型、史诗的产生。

　　因为稍有文学常识的人都知道，一部史诗的产生，谈何容易？古往今来，世界各国，所谓史诗也者，也是屈指可数的。

　　对评论家来说，给作家指出些切实可行的路，对作品说些实事求是的话，比站在高处，吹大话，瞎指挥要好得多。对作品乱加封号，只能助长作家的轻浮，于创作是不利的。对作家来说，最重要的是要下一番苦功。这样评论家再去呼唤，就有些把握了。

"复杂的性格"论

　　有一种理论，把人物性格的复杂化，提到了最高度，可以说是有了复杂化，就有了小说创作的一切。

　　这种理论，对我来说，是难以理解的。

　　我对典型性格的理解是：既是典型，就是有一定范畴的型。既是有一定范畴的型，就是比较单纯的、固定的、不同于别人的型。

　　我们不妨举些例证。比如说贾宝玉，这是大家公认的典型人物，他的性格，就是贾宝玉的型，它有什么复杂性呢？林黛玉的性格，也是如此。如果在林黛玉的性格以外，再加薛宝钗的性格、王熙凤的性格，这样复杂是复杂了，那这三个人物又如何区别呢？又何以能称得起典型性格呢？你的性格也复杂，他的性格也复杂，那不成了性格的大锅饭吗？

按照这种理论的含义，可以认为他指的是：凡是人，性格中既有善，亦有恶；既有美，亦有丑；既有英雄，亦有卑鄙；既有慷慨，亦有自私。只有这样，才叫复杂，才是真正的典型。这种理论，能够成立吗？能够向青年作家推荐吗？

这种理论，我虽是第一次系统地看到，它的出现，实际已经有好几年了。在它出现的时候，正是一些人忽视现实生活对文艺创作的决定性作用的时候。有些青年，认为只凭主观想象，也可以创作出伟大的作品，也可以塑造出成功的典型。有这种想法，又碰上了这种理论，于是凭空设想，把人物写得很复杂。这种复杂，当然不是根源于现实，而是随心所欲，剪贴拼凑而成。都是沿着亦好亦坏、亦英雄亦不英雄的路子去写。一时文坛上出现了那么多反现实主义的作品，甚至是有害的作品。

现在大家都在重新强调现实生活对创作的重要性了，仍然强调这样一种理论，不是很大的矛盾吗？

因为，人为的简单化固然可以产生概念化的作品；人为的复杂化，同样也会产生概念化的作品。

我读过一些青年作家的小说，在他们把人物写得单纯一些的时候，我觉得是真实可爱的，在他们着意把人物复杂化的时候，他们的作品失败了。

所谓典型，其特征，并不在于复杂或是简单，而是在于真实、丰满、完整、统一。复杂而不统一，不能叫作典型，只能叫作分裂。而性格的分裂，无论在现实生活中，或是小说创作上，都是不足取的，应该引以为戒的。

所谓复杂，应该指生活本身，人物的遭逢，人物的感情等而言，不能指性格而言。在这一方面，过多立论，不只违反生活的现实，对创作也是不利的。

1983 年 1 月 29 日下午

名山事业

自从司马迁说，要把自己的作品，"藏之名山，传之其人"以来，文学事业与名山的关系，就非常密切了。虽然司马迁并没有把所作《史记》，真的送到名山去埋藏。他的作品，以其特殊的成就，没有等到他死，就流传开了，而且一直流传下来，成为人人必读之书。

唐朝的白居易鉴于文人的事业，常常被兵火所消失，他在生前把自己的诗文编辑好，抄写五部，分送五大名山，藏于五大名寺。真有效果，他的集子，完完整整地流传下来了，未失一字。白居易一定含笑于九泉，庆祝自己措施的得当。

明末清初的王夫之，是逃到深山里，读书并写作的。他潜心读书，然后写出心得，发挥自己的思想和见解。他的著作，细密而精到，是只有在深山之中，断绝一切尘念，才能写出来的。

《红楼梦》据说也是在北京西山写出来的。

看来，山和文学，确实有一种美好因缘，就像它和水的关系一样，在互相呼应着，在互相促进着。

抗日战争时期，我们这一辈人的文章，也是在山里写出来的，虽然那里说不上是名山，我们的作品，也说不上是名文。

近年来，各个出版社，各个杂志社，如果所在省、市，有名山名水,每逢适当季节(庐山、海滨则宜夏,岭南则宜冬),总是约请各地名流作家,到那里集会十天半月,一方面是尽地主之谊,另一方面,是请作家们给出版社或刊物,写些稿子。作家们或单身、或携眷到达之后,居停于宾馆别墅,徜徉于名胜古迹,杯酒交欢,吟风弄月,自有一番盛况。开支多少,所得几何,因未曾主持过,也未曾躬逢其盛,不得而知。但从透露出来的消息看,稿件是没有多少收获的。作家们游的谈的虽然很热烈,临散会,顶多交一篇游记或即兴诗,就飘然下山去了。当然,长线钓大鱼。既有此番情谊,以后也许寄个中篇小说来,也说不定。

还要摄影留念,其镜头焦点,多集中到一些女性新秀的身上。

宾馆文学

刊物没有像样的头条稿件,就从外省外市,约请一位当前很红的作家来,把他请进当地高级宾馆,开一个房间,日供三餐美食烟茶水果,为刊物创作"头条"。交卷之后,并在宾馆门口,摄影留念,特别把高级宾馆的牌子,也收入镜头,以作此番写作的纪念。

因为没有被人请去过,所编刊物,本小利薄,也没有到外埠请过名人,所以此中滋味,不得而知。

现在一些作家的居住条件差,也是知道一些的。但高级宾馆,就那么适于创作吗?想来也不尽然。姑不论,宾馆之内,人来人往;食堂之内,乱乱哄哄。加上身为客人,人生地疏,如果是我,虽有沙发软床,华灯地毯,也是安不下心来的。

当然,听说还有一种特别高级的宾馆,那里面是花木满园,闲人免进，远离市尘，鸦雀无声，最适宜于构思。这种仙境，因为未得亲见，不能揣摩，每天要花费多少钱，所写出的文稿，能否抵消得过姑且不论。如果是个乡土作家，一进这种所在，不是要成为刘姥姥，还能写出东西来吗？

曹雪芹曰：蓬牖茅椽，绳床瓦灶，未能妨我襟怀。可见，创作贵有襟怀，有之虽绳床瓦灶，也无妨文思泉涌；无之，虽金殿皇宫，也无济于事的。

有的刊物，等而下之，小气些，他们把当地的业余作者，集中在一家不怎么样的招待所里，限期叫他们写出"头条小说"。这简直是采取科场制度，成心叫业余作者受罪了。

但如果有人真的写出了成功之作，刊在了头条，一炮打响，随即获奖，一举成名，那又怎么说呢？那就让我们高呼宾馆文学的胜利吧！

1983 年 3 月 18 日午后

运动文学与揣摩小说

我看过一部小说的提纲，主人公是一位"识时务"的女人，最早的丈夫是一个反动军人，革命到来，她立刻改嫁一个革命军人。反右时，她的丈夫遭难，她改嫁一个左派。"文化大革命"时，她改嫁一个造反派，随后又改嫁一个什么派。作者把她叫作运动夫人，一生处于不败之地。

但听说这小说终于没有写成，因为作者虽对社会人情有所感慨，他自己并没有多少这方面的实际体验。另外这种设想，也是不大可能的。因为一个女人的时光有限,多么好的如花美眷,也逃不脱似水流年。她的一生,也只能运动两次到三次,再多就不好找对象了。

他的小说虽然没有写成,却使我想到:近几十年来,在文学作品中,也有一种类似"运动"的情况。

应该申明:在革命历程中,文学作品为宣传服务,平心而论,这是不可避免的,更是无可厚非的。每一个革命时期,每一个革命任务的执行,有些及时的短小的文艺作品加以配合,是理所当然的。这里指的不是这种文艺作品。

这里指的是:作者本来对革命也没有多大热情,对革命的理论和实际,也没有多少理解和实践。他只是为了解脱自己当时的处境,想得到一种飞升,随即揣摩上面的意旨,领会当前的形势,连夜赶制长篇小说,企图一炮打响,一举成名。这种作者的功夫,主要不在艺术,而在揣摩。他的文学修养,也只是读过几本甚至几篇小说,特别是革命历程和本国大同小异的那些国家的小说。记住一些小说程式,人物性格和故事情节,然后加以融会贯通,使之洋为中用。

这种小说的生产,众所周知,主要是为了"爆炸",所以他特别注意的是政治上的应时。而政治有时是讲究实用的,这种小说的出现,如果弄对了题,是很可以轰动一时的。

这种小说,成功以后,还经常伴随着一阵庸俗的社会学:有真人真事作根据呀,时代突出的典型呀,到所写地点参观访问呀,找模特儿听取先进经验呀,顿时举国若狂,像大寨和小靳庄当年造成的声势一样。

因为这种小说,其产生并非根据现实生活,艺术上更没有经得起推敲的素质,不过是应合时尚的中彩之作,所以时间不长,就被证明不是那么回事。从它那里吸取的经验,不只不先进,而且用不上,用上就坏事,热闹一阵也就完事了。人们对文艺毕竟是宽容的,不像对大寨经验、小靳庄经验那么认真。作者名利双收之后，却以为这毕竟是一条成功之路，就又去揣摩新的应时的主题去了。

这种小说，就可以叫作"运动文学"。

最早的运动小说，基调多是歌颂，人物多是英雄。"四人帮"时期，登峰造极，英雄人物达到不食人间烟火、毫无个人私欲的程度。最近一个时间，则伴有揭露，或以揭露为基调。人物性格变得复杂化，具备各种情欲，特别是性方面的情欲。但总起来说是个"正派人"，他所反对的不过是那些顽固保守势力。

这可以说是运动小说的第二次运动。但运动来运动去，细心的读者可以看出，"四人帮"时代的小说模式，虽然已经改头换面，而其主题先行一点，确实已经借尸还魂。但这一情况，实际也是运动小说"成功"的契机。

揣摩小说，谈不上什么现实主义，这一方面的有为之士，也很少谈现实主义。现实主义，是反映现实的。而揣摩小说是空中楼阁，是拆烂现实，装潢的西洋镜。

揣摩政治气候的小说，站不住脚，紧跟政治形势的作品，也常常以失败告终。我有一个朋友，他在"文化大革命"之前，经营一部长篇小说。最初的主题是写反右，形势一变，随之改为反左。形势又变，又恢复反右。改来改去，终于把一部小说，改得没有东西了。

以上，并非忽视政治。政治对现实生活，影响巨大。文学作品只能反映现实生活中已经受到的政治影响，而不能把自己对政治的揣摩，罩在生活的上面，冒充现实。

然而，运动小说，还是会运动下去的。

1983 年 4 月 21 日

谈作家素质

近年来,有些人给我提问,讨论文学创作上的问题,多数是人云亦云,泛泛不切实际,引不起我的兴致,就没有回答。我觉得你是个认真读书和认真思考问题的人,如果我不谈谈,对你所提问题的看法,是会辜负你的良好用心的。但是,我很久不研究这些问题了,谈不出什么新的东西,恐怕使你失望。

一

先谈些与作家素质有密切关系的文学现象:

人物,或者说是人物形象,无论怎样说,在小说中是很重要的,尤其是中篇、长篇。人物与故事情节,是小说区别于其他文体的两大要素。

这是就文体形式而言，如果谈创作，那就复杂得多了。

通过故事表现人物，或通过人物表现故事，作为文学，是一个创造过程。人类的创造过程，都是以他所生活的时代和环境，作为创造的对象和根源。但我们研究一部文学作品的时候，不能忽视作家主观方面的东西。即他在创造故事和人物时，注入到作品中的，他自己的愿望，他本身的血液。人物是靠作家的血液孕育和成长的。没有主观的输入，作品中的人物，是没有生命的，更谈不到丰满。

这一事实，虽为历代伟大作品所证实，但并不是每一个时代，都会有这样的作品产生，也并不是每一个懂得这种规律的作家，都可以轻而易举地完成这样的作品。

是的，在人物身上，注入作家自己的愿望，很多人都在这样尝试了，他们的作品，有的不但没有成功，反而成了概念说教的东西。这种作品，比起成功的作品，为数要多得多。

创作的复杂情况就在这里。多少年来，我们过分强调了客观的东西（其实是强调了主观的东西），固然对创作有不利之处，束缚了创作。但像今天，有些作家所实践的，过分强调主观的方面（其实是强调了自然的方面），成功的希望，反而更觉渺茫了。

近五十年来，我们的文坛，不止一次地发问：为什么没有伟大作品的产生？并不断有好心的人预期，我国历史上的伟大作家，即将在我们这一代出现。直到今天，大家仍然在盼望着。这就证明：产生不产生伟大作品，并不是一个单纯的理论问题，或认识问题。

究竟是一个什么问题，说法不一。我认为健全和提高作家素质，是一个重要的方面。从历史上看，伟大作品的产生，无不与作家素质有关。

二

时代精神,社会文明,作家素质,是能否产生伟大作品的系列关键。只有伟大的时代,并不一定就能产生伟大的作品,这也是历史不止一次证明了的。社会意识,社会风尚,对创作的影响,有决定性的意义。社会文化、道德标准的高低,常常影响作家的主观愿望,影响作家的思想、艺术素质。

文学作品中的人物形象,不只有艺术高下的分别,也有艺术风格上的区别。就是那些文学名著,其中形象虽然都可以说是写活了,很丰满,长期为读者喜爱,其形神两方面,还是有很大差异的。以中国长篇小说为例:《三国演义》里的人物,形似多于神似;《水浒传》里的几个主要人物,可以说是形神兼顾;《红楼梦》里的人物,则传神多于传形。以上是指文学上乘。如就低级小说而言,《施公案》中的人物形象,本来谈不上丰满生动,但因为有很多人喜欢公案故事,好事者把它编为剧本,搬上舞台,黄天霸这一类人物,不只有了特定的服装,而且有了特定的扮演者,遂使家喻户晓,深入人心,经久不衰,成为最大众化的形象。这就不能归功于小说的艺术,而应看作是一种民风民俗现象。但做到这样,实已不易。

今之武侠作者,梦寐以求,不能得矣。

时代不同,社会变化,作家素质的差异,创作能力之不齐,欣赏水平之千差万别,形成了艺术领域的复杂纷乱的现象。曲高和寡,死后得名;流俗轰传,劣品畅销;虚假的形象,被看作时代的先知先觉;真实的描写,被说成不是现实的主流。

于是有严肃的作家，有轻薄的作家；有为艺术的作家，有为名利的作家。既为利，就又有行商坐贾小贩叫卖。这就完全谈不到艺术了。

任何艺术，都贵神似。形似固不易，然传神为高。师自然，不如师造化。

人物形象，贵写出个性来。个性一说，甚难言矣。这不只是生物学上的问题。先天的因素和后天的因素，盖兼有之。后天主要为环境、教养和遭遇。高尔基以为要写出典型，必观察若干个类型之说，固然解决了一个大难题，然也只能作为理论上的参考。一进入创作实践，则复杂万分。例如同一职业，与生活习惯有关，与性格实无大关系。大观园中之小女孩，同为丫头，环境亦相同，而性格各异，乃与遭遇有关。

三

现在，流行一种超赶说，这些年超过了那些年。这种说法是不科学的，不符合艺术发展规律。举个不大妥切的例子：抗日时期的文学，你可以说从各方面超越了它，但它在战争中所起的作用，或大或小，都不是后来者所能超越的。没有听说过，《楚辞》超过了《诗经》，唐诗超过了《楚辞》。在国外，也没听说过，谁超过了荷马、但丁。每个时代，有它的高峰，后来又不断出现新的高峰。群峰并立，形成民族的文化。如以明清之峰，否定唐宋之峰，那就没有连绵的山色了。

这里说的高峰也好，低峰也好，必须都是真正的山：根植于大地之内层，以土石为体干，有草木，有水泉。不是海上仙山、空中楼阁。有的评论家常常把不是山，甚至不是小丘的文学现象，说成是高峰。

而他们认为的这种高峰,不上几年,就又从文坛上销声敛迹,踪影不见了。这能说是高峰?有时在年初,无数的期刊,无数的评论都在鼓噪吹捧的发时代之先声的开创之作,到年底,那些曾经粗脖子红脸,用"就是好,就是高"的言词赞美过它的人,在这一篇目面前,已经噤若寒蝉,不吭一声。很多人也并不以此为怪事。这是因为大家对这种现象看得太多了,已经习以为常。

现在,有很多文章,在谈名与实。其实,自古以来,名实二字,就很难统一起来,也很难分得清楚。就当前的文学现象而言,欺骗性质的广告,且不去谈它。有些报道、介绍,甚至评论文章,名不副实的东西也不少。你如果以为登在堂堂的报刊上的言词都属实,都是客观的,那就会上当。

四

要正确对待历史文化。原始文化之可贵,在于它不只是一个艺术整体,还是这个民族的艺术培基。此后出现的群峰,也逐个起着继往开来的作用。

原始文化是单纯的,没有功利观念的,不受外界干扰的。《诗经》以兴、观、群、怨的风格,奠定了中国文艺的基础。这个基础是可贵的,正确地揭示了文艺的本质及其作用。

唐诗是有功利的,据说诗写得好,就可以做官。唐朝的诗人,有很多确实是进士。当时的诗,也很普及。根据白居易的叙述,车船、旅舍,都有人吟诵。居民把诗写在墙壁上、帐子上,甚至有人刺在身上。在如此普及的基础上,自然会有提高,出现了那么多著名的诗人。

50年代,我们也曾开展过一次群众性的诗歌运动。声势之大,群众之多,当非唐时所能及。但好像没有收到什么效果。原因是只有形式,没有基础。作者们的素质薄弱。

好的作品,固有待作家素质的提高,但社会的欣赏水平、趣味,也会影响作家的成长。

鲁迅说,"五四时代的小说,都是严肃认真的"。这不只是指作家对现实的认真观察,也指创作态度。那时期的小说,今天读起来,就像读那一时期的历史,能看到现实生活,人民的思想状态,感情表现。1927年以后的小说,在现实的反映上,主观的东西增多了。但作者们革命的心情,是炽热的。公式概念的作品也多了,但作者们的用心,还是为了民族、为了大众的。解放区的小说,基本上接受的是"左联"的传统,但在深入生活、接近群众、语言通俗方面,均有开拓。

研究或评价一个时期的文学,要了解这一时期作家的素质。除去精读这一时期的作品以外,还要研究这一时期的历史,它的社会情况,它的政治情况,即作家的处境。脱离这些,空谈成就大小、优胜劣败、繁荣不繁荣,是没有多少根据的。这只能说是表面文章。从这类文章中,看不出时代对作家的影响,也看不出作家对时代的影响。特别是看不到这一时期的文学,与前一时期文学的关系及其对后来文学发展的影响。

五

小说成功与否,固然与故事人物有关,但绝不止此。除去文字语言的造诣,还有作家的人生思想、心地感情。这种差别,在文学中,正如在社会上一样,是很悬殊的。培养高尚的情操,是创作的第一步。

社会风气不会不影响到作家。我们的作家,也不都是洁身自好,或坐怀不乱的人。金钱、美女、地位、名声,既然在历史上打动了那么多英雄豪杰,能倾城倾国,到了80年代,不会突然失去本身的效用。何况有些人,用本身的行为证明,也并不是用特殊材料铸造而成。

革命年代,作家们奔赴一个方向,走的是一条路,这条路可能狭窄一些。现在是和平环境,路是宽广的,旁支也很多,自由选择的机会也多,这就要自己警惕,自己注意。

一些人对艺术的要求,既是那么低,一些评论家又在那里胡言乱语,作家的头脑,应该冷静下来。抵制住侵蚀诱惑,并不是那么容易的事,尤其是青年人。有那么多的人,给那么低级庸俗的作品鼓掌,随之而来的是名利兼收,你能无动于衷?说句良心话,如果我正处青春年少,说不定也会来两部言情或传奇小说,以广招徕,把自己的居室陈设现代化一番。

有的人,过去写过一些严肃的现实之作。现在,还可以沿着这条路,继续写一些。也可以不写,以维持过去的形象。但也有人,经不起花花世界的引诱,半老徐娘,还仿效红装少女,去弄些花里胡哨的东西,迎合时尚。大可不必矣。

虽然现在已经有不少人,不愿再提文学对于人生,有教育、提高的意义,甚至有人不承认文学有感动、陶冶的作用,但是,我们也不能承认,文学只是讨好或迎合一部分人的工具。文学不要讨好青年人,也不要讨好老年人,也不要讨好外国人。所谓讨好就是取媚,就是迎合迁就那些人的低级庸俗趣味。文学应该是面对整个人生,对时代负责的。目前一些文学作品,好像成了关系网上的蛛丝,作家讨好评论家,评论家讨好作家。大家围绕着,追逐着,互相恭维着。也不知究竟是为了什么,到底要弄出个什么名堂来。谁也看不出,谁也说不准。

还是让我们老老实实地,用一砖一石,共同铺建一条通往更高人生意义的台阶,不要再挖掘使人沉沦的陷阱吧。

作家素质,包括个人经历、教育修养、艺术师承各方面。社会风气的败坏,从根本上说,是十年动乱的后遗症。对症下药,应从国民教育着手,道德法制的教育,也是很重要的。其次是评论家的素质,也要改善。因为评论家的素质,可以影响作家的素质。苏东坡说,扬雄以艰深之辞,传浅近之理。近有不少评论文章,用的就是扬雄法术。他们编造字眼,组成混乱不通的文字,去唬那些没有文化修养的人,去鼓惑那些文化修养不深的作家。这种评论,表面高深奥博,实际空空如也,并不能解决创作上的任何实际问题,也不能解释文学上的任何现象。理论自是理论,创作自是创作,各不相干,是一种退化了的文学玄学。

总之,如何提高作家素质,这是个非常复杂的问题,非一朝一日之功,所能奏效的。

1986 年 1 月 31 日

致铁凝信

铁凝同志：

昨天下午收到你的稿件，因当时忙于别的事情，今天上午才开始拜读，下午2时全部看完了。

你的文章是写得很好的，我看过以后，非常高兴。

其中，如果比较，自然是《丧事》一篇最见功夫。你对生活，是很认真的，在浓重之中，能作淡远之想，这在小说创作上，是非常重要的。不能胶滞于生活。你的思路很好，有方向而能作曲折。

创作的命脉，在于真实。这指的是生活的真实，和作者思想意态的真实。这是现实主义的起码之点。

现在和过去，在创作上都有假的现实主义。这，你听来或者有点奇怪。那些作品，自己标榜是现实的，有些评论家，也许之以现实主义。他们以为这种作品，反映了当前时代之急务，以功利主义代替现实主义。这就是我所说的假现实主义。这种作品所反映的现实情况，是经不起推敲的，作者的思想意态，是虚伪的。

作品是反映时代的，但不能投时代之机。凡是投机的作品，都不能存在长久。

《夜路》一篇，只是写出一个女孩子的性格，对于她的生活环境，写得少了一些。

《排戏》一篇，好像是一篇散文，但我很喜爱它的单纯情调。

有些话，上次见面时谈过了。

专此

祝好！

稿件另寄。

孙　犁

1980年10月9日下午4时

铁凝同志：

上午收到你21日来信和刊物，吃罢午饭，读完你的童话，休息了一会儿，就起来给你回信。我近来不知犯了什么毛病，别人叫我做的事，我是非赶紧做完，心里是安定不下来的。

上一封信，我也收到了。

我很喜欢你写的童话，这并不一定因为你"刚从儿童脱胎出来"。我认为儿童文学也同其他文学一样，是越有人生经历越能写得好。当然也不一定，有的人头发白了，还是写不好童话。有的人年纪轻轻，却写得很好，像你就是的。

这篇文章，我简直挑不出什么毛病，虽然我读的时候，是想吹毛求疵，指出一些缺点的。它很完整，感情一直激荡，能与读者交融，结尾也很好。

如果一定要说一点缺欠,就是那一句"要不她刚调来一说盖新粮囤,人们是那么积极"。"要不"二字,可以删掉。口语可以如此,但形成文字,这样就不合文法了。

但是,你的整篇语言,都是很好的,无懈可击的。

还回到前面:怎样才能把童话写好?去年夏天,我从《儿童文学》读了安徒生的《丑小鸭》,几天都受它感动,以为这才是艺术。它写的只是一只小鸭,但几乎包括了宇宙间的真理,充满人生的七情六欲,多弦外之音,能旁敲侧击。尽了艺术家的能事,成为不朽的杰作。何以至此呢?不外真诚善意,明识远见,良知良能,天籁之音!

这一切都是一个艺术家应该具备的。童话如此,一切艺术无不如此。这是艺术唯一无二的灵魂,也是跻于艺术宫殿的不二法门。

你年纪很小。我每逢想到这些,我的眼睛都要潮湿。我并不愿同你们多谈此中的甘苦。

上次你抄来的信,我放了很久,前些日子寄给了《山东文艺》,他们很高兴,来信并称赞了你,现在附上,请你看完,就不必寄回来了。此信有些地方似触一些人之忌,如果引起什么麻烦,和你无关的。刊物你还要吗?望来信。

祝

好

孙 犁
1980 年 12 月 23 日

《红楼梦》杂说

清兵的入关，使中国封建社会的阶级关系，发生新的畸形的变化。民族压迫和阶级压迫交织在一起，相互促进，广大农民所受的剥削和压榨，更加深重了。汉人变成了旗人的奴隶，原来的地主阶级，把所受旗人的剥夺，转嫁给他们的奴隶——农民。随龙入关的，数以百万计的控弦之士，连同他们为数众多的家属，不劳而食，拥有庄园、商业、作坊。

统一全国后，上层统治者中间的矛盾斗争，愈演愈烈，父子兄弟之间，倾陷残杀。因此，就愈严等级之分、上下之别，层层统制，互相监视。政治方面的这种风气，由宫廷而官场，由官场而散布于社会，形成观念和风习。

《郎潜纪闻》一书中记载：在这一时期，每年只京城一地，旗人的奴仆，因不堪虐待，自杀身死，申报到刑部的，就数以千计。其隐瞒不报，或贫病而死的，还不知有多少。这一广大的奴隶群，身价之低贱，命运之悲惨，走投之无路，已经可见一斑。

旗人除强占土地、房屋、财产以外，还将大量的奴隶，收入他们的府内。其中包括大量的男女小孩，多数是京畿一带农民的子女。

这些奴隶，也把他们的社会关系、生活习惯、民间语言、民间传说，带进宫廷、官府，如此就大大丰富了像曹雪芹这些人的生活知识和语言仓库。

清代统治者，原来也设想，就保持他们的无文化或低文化状态，并在汉民中也推行这种愚民政策，以弓马的优势，统治中国。但这是不可能的。文化对于人民，如同菽粟，高级的进步的文化，必然要影响低级落后的文化，而促使其进步，必然要像水向低处流，填补其空白区。

雍、乾时期，旗人的文化生活，逐渐丰富起来。皇帝三令五申，也阻止不住它的飞速发展。皇帝愿意他的旗下奴隶，继续练习弓马，准备为朝廷效力（就像贾珍教训子弟那样）。限制他们与汉人文士交接往来，养成舞文弄墨的恶劣习惯。但他们非要吟诗作赋、写字画画不可。他们不事生产，养尊处优，在中国文化的美丽奇幻的长江大河之中，畅游不息，充军杀头，也控制不住这种趋势。于是在很短的时间里，就出现了那么多的八旗名士。

这一部分人，对于他们面临的现实生活、政治设施、社会现象，有较深的观察能力和理解能力，也具备了一定的表现能力。而曹雪芹无疑是这些人中间的佼佼者。

当然，曹雪芹感受最深的，是他本阶级的飘摇以及他的家庭的突然中落。大家知道，在雍、乾两朝，像曹家这种遭遇，并不是个别少见，而是接踵而来、司空见惯的。雍正皇帝，以抄臣民的家，作为他主要的统治手段，并且直言不讳，得意扬扬，认为是一种杰作。他刻薄寡恩，利用奸民家奴，侦察倾陷大臣，用朱批谕旨，牵制封疆，用圣谕广训，禁锢人民思想，使朝野上下，日处于惊惶恐怖之中。曹家的亲友，就不断发生类似的飞灾横祸。

曹雪芹面对这种现实，他思考、探讨，并企图得到答案：什么是人生？人生为何如此？

他从现实生活中，归结出一个普遍的规律：生活在时刻变化，变化无常，并不断向相反的方面转化。决定人生命运的，不是自己，而是外界的一种力量。这种力量，有时可知，有时不可知。他痛感身不由己，"好""了"相寻，谋求解脱，而又处于无可奈何之中。

在命运的轮转推移中，遭逢不幸，并不限于底下层，也包括那些最上层——高官命妇、公子小姐。曹雪芹的思想是入世的，是热爱人生的，是赞美人生的。他认为世界上有如此众多的可爱的人物和性格，他为他们的不幸，流下了热泪，以至泪尽而逝。

是的，只有完全体验了人生的各种滋味，即经历了生离死别、悲欢离合、兴衰成败、贫富荣辱，才能了解全部人生。否则，只能说是知道人生的一半。曹雪芹是知道全部人生的，这就是红书上所谓"过来人"。

历史上"过来人"是那样多，可以说是恒河沙数，为什么历史上的伟大作品，却寥若晨星，很不相称呢？这是因为"过来人"经过一番浩劫之后，容易产生消极思想，心有余悸，不敢正视现实。或逃于庄，或遁于禅，自南北朝以后，尤其如此。而曹雪芹虽亦有些这方面的影子，总的说来，振奋多了，所以极为可贵。

因此，《红楼梦》绝不是出世的书，也不是劝诫的书，也不是暴露的书，也不是作者的自传。它是经历了人生全过程之后，在丰富的生活基础上，产生了现实主义，而严肃的现实主义，产生了完全创新的艺术。

我们可以用陈旧的话说:《红楼梦》是为人生的艺术，它的主题思想，是热望解放人生、解放个性。

1979 年 2 月 4 日重写

读萧红作品记

大概是前两个月吧，一位相识者去东北参加纪念萧红的会，回到北京，曾给我来信，要我谈谈萧红作品的魅力所在，探索一下她在文学创作中的"奥秘"，这确实不是我的学力所能完卷的。不过，我总记着这件事。近日稍闲，从一位同志那里借来一册《萧红文选》，一边读着，一边记下自己的感触。

此书后面附有鲁迅写的《〈生死场〉序》和茅盾写的《〈呼兰河传〉序》，对于萧红，评价最为得当。特别是鲁迅的文章，虽然很短，虽然乍看来是谈些与题无关的话，其实句句都是萧红作品的真实注脚。不只一语道破她在创作上的特点、优长及缺短，而且着重点染了萧红作品产生的时代。一针见血，十分沉痛。文艺评论写到这样深刻的程度，可叹为观止。

对于萧红的作品，鲁迅是这样说的：

"这自然还不过是略图，叙事和写景，胜于人物的描写，然而北方人民的对于生的坚强，对于死的挣扎，却往往已经力透纸背；女性作者的细致的观察和越轨的笔致,又增加了不少明丽和新鲜。精神是健全的,就是深恶文艺和功利有关的人,如果看起来,他不幸得很,他也难免不能毫无所得。"

茅盾对萧红的作品,是这样说的:

"而且我们不也可以说:要点不在《呼兰河传》不像是一部严格意义的小说,而在它于这'不像'之外,还有些别的东西——一些比'像'一部小说更为'诱人'些的东西,它是一篇叙事诗,一幅多彩的风土画,一串凄婉的歌谣。"

我是主张述而不作的,关于萧红,我还能有什么话说呢?

人们常把萧红和鲁迅联系起来,这是对的。鲁迅对于她,有过很大的帮助。但不能像现在有人理解的,"没有鲁迅就没有萧红"。先有良马而后有伯乐。萧红是带着《生死场》原稿去见鲁迅的。鲁迅为她的书写了序,说明她是一匹良马。

鲁迅对她的帮助并非从这一篇序言开始,我们应该探索萧红创作之源。鲁迅以自身开辟的文学道路,包括创作和译作,教育了萧红,这对她才是最大的帮助。

我现在读着萧红的作品,就常常看到和想到,她吸取的一直是鲁门的乳汁。其中有鲁迅散文的特色,鲁迅所介绍的国外小说,特别是苏联十月革命时代的聂维洛夫、绥甫琳娜等人短篇小说的特色。

但更重要的是她走在鲁迅开辟的现实主义道路上。她对时代是有浓烈的情感的;她对周围现实的观察是深刻的,体贴入微的;她对国家民族,是有强烈的责任感的。但她不作空洞的政治呼喊,不制造虚假的生活模型。她所写的,都是她乡土的故事。文学创作虚假编造,虽出自革命的动机,尚不能久存,况并非为了大众,贪图私利者所为乎。

萧红的创作生活,开始于1933年,而其对文学发生兴趣,则从1929年开始。此时,苏联文学中"左"的倾向正受批判。同路人文学,开始介绍到中国来。鲁迅、曹靖华、瞿秋白等人翻译的《竖琴》和《一天的工作》两书,其中同路人作品占很大比重。同路人作家同情十月革命,有创作经验,注意技巧,继承俄国现实主义传统。他们描写革命的现实,首先通过对现实生活的描述。较之当时一些党员作家,只注意政治内容,把文艺当作单纯的宣传手段者,感人更深,对革命也更有益。在我国,1930年以后,经过鲁迅和太阳社的论战,文艺创作也渐渐走上踏实的、注意反映现实生活的道路。不久,鲁迅等人创办《译文》杂志,进一步介绍了普希金以下国外现实主义的古典著作,大大开拓了中国文学青年的视野,并有了营养丰富食品。萧红的作品明显地受到同路人作家的影响,她一开始,就表现了深刻反映现实的才能。当然,她的道路,也可能有因为不太关心政治,缺少革命生活的实践和锻炼,在失去与广大人民共同吐纳的机会以后,就感到了孤寂,加深了忧郁,反映在作品中,甚至影响了她的生命。

"五四"以来,中国的女作家,在文坛之上,一呈身形,而立即被广大青年群起膜拜于裙下者,厥有三人:冰心、丁玲、萧红。当然,这与其说是追慕女作家,不如说是追慕进步思想,追慕革命。冰心崛起京华,乃"五四"启蒙运动的产物;丁玲崛起湖南,乃第一次国内革命战争的产物;萧红崛起哈尔滨,乃东北沦陷、民族危难深重时期的产物。时代变革之时,总是要产生它的歌手的。多难兴邦,济济多士。伟大的时代,在暴风雨中,产生海燕之歌,产生伟大的作家。太平盛世,多靡靡之音。这是文学历史上的常见现象。但像"文化大革命"这样人为的、祸国殃民的所谓"革命",是不会也不能陶铸出它自己的"作家"来的,有之,则将是批判的现实主义作品。

现在是80年代,我读着萧红写于30年代之初的作品。她所写的生活,她的行文的语法,多少有些陌生了。但它究竟使我回忆起冰天雪地、八年抗战,使我想起了多少仁人志士前仆后继的牺牲,使我记起《大刀进行曲》的雄壮歌声。但在我的周围，四邻八家的青年们，正在用录音机大声地，翻来覆去地，无止无休地，播送着30年代为革命青年所不齿的《桃花江》《毛毛雨》。就是听到重播的革命歌曲，也不复是当年的气派。才知道任何文艺作品，离开了那个时代，没有共同的感情，就只能领略其毛皮而已。以上种种，真使我废卷叹息，不胜今昔之感了。

中国封建历史悠久，女作家寥若晨星，而对于她们的作品，特别是有关她们的身世，评论界多不实之词。有庸俗的作家，就有庸俗的批评家。但对于像萧红这样革命而严肃的现实主义作家，那种习惯于把捧作家和捧戏子同等看待的无聊之辈，是不敢轻易佛头着粪的。

萧红可爱之处，在于写作态度赤诚，不作自欺欺人之谈。其作品的魅力，也可以说止于此了。评论家最好也作如是想，要正心诚意。有些评论家，几十年来，常常要求作家创造"新的人"，但想来想去，究竟不明白他们所要求的新人，是何等样人？而他们所称许的作品中的新人，又常常不见于中国的现实生活，却见于外国人的几十年前的小说。如此人物，可得称为新人乎？

萧红小说中的人物，现在看起来，当然不能说是新人，但这些人物，尤其是令人信服的现实基础，真实的形象，曾经存在于中国历史画幅之上，今天还使人有新鲜之感。她所创造的人物，就比那些莫须有的新人，更有价值了。

真正的善恶之分，是没有历史局限的。人亦如此。忘我无私，勤劳勇敢，自是我们民族的美德所在。具此特点，为今天的事业工作，则为新人。难道还有什么离开历史，离开固有道德，专等作家凭空撰写的新人吗？

远处屋顶上有一个风标，不断转移。那是随风向转移。星斗在夜间看来，也在转移。然有时转移者非星斗，乃观者本身。有些评论之论点多变,见利而趋,可作如是观。

中国女作家少,历史观之,死于压迫者寡,败于吹捧者多。初有好土壤而后无佳气候,花草是不容易成活壮大的。自身不能严格要求,孤芳自赏,生态也容易不良。一代英秀如萧红,细考其身世下场,亦不胜惆怅之感。

萧红最好的作品,取材于童年的生活印象,在这些作品里,不断写到鸡犬牛羊、蚊蝇蝴蝶、草堆柴垛,以加深对当地生活的渲染。这也是30年代,翻译过来的苏联小说中常见的手法。萧红受中国传统小说影响不大,她的作品,一开始就带有俄罗斯现实主义文学的味道,加上她的细腻笔触,真实的情感,形成自己的文字格调。初读有些生涩,但因其内在力大,还是很能吸引人。她有时变化词的用法,常常使用叠句,都使人有新鲜感。她初期的作品,虽显幼稚,但成功之处也就在天真。她写人物,不论贫富美丑,不落公式,着重写他们的原始态性,但每篇的主题,是有革命的倾向的。不想成为作家,注入全部情感,投入全部力量的处女之作,较之为写作而写作,以写作为名利之具,常常具有一种不能同日而语的天然的美质。这一点,确是文字生涯中的一种奥秘。

脚踏实地,为时代添一砖一瓦,与人同呼吸共甘苦,有见解有理想,有所体验,然后才能谈到创作。假若冒充时代的英雄豪杰,窃取外国人的一鳞半甲,今日装程朱,明日扮娼盗,以迎合时好,猎取声名,如此为人,尚且不可,如此创作,就更不可取了。严霜时,菽粟残伤;春暖时,蔓草滋长。文章的命运,是有很大的天时地利的不同的。

1981年8月30日改讫

《尺泽集》后记

尺泽二字，引自古书，其义甚明，就不再作什么解释了。尺泽虽小，希望它是清澈的，没有污染的。它是从我的心泉里流出来，希望能通向一些读者的心田里去。希望在它的周围，能滋生一片浅草、几棵小树。能为经过这里的，善良的飞鸟和走兽、春燕或秋雁、山羊或野鹿，解一时之渴，供一席之荫，希望它不要再遭到强暴的践踏、风沙的掩盖、烈日的蒸煮。蚊蚋也不要飞舞其上，孑孓其中。在历史上，它是有过这种不幸的遭遇的。

前些年，才又遇到一场春雨，使它复苏。因此，它特别珍惜自己的存在，珍惜自己的余生。因为是水，是有源泉的水，是清澈的水，凡是经过这里，投影其中的，都可以显现自己的面目。妍者自妍，媸者自媸。它是没有选择的，一视同仁的。它的存在，年深日远，它确实有些疲倦了。它不愿再与任何事物，作使自己也使别人无聊的纠缠。总之，在它的容纳之中，都是小的、浅的、短的和近的。江海之士，浏览一下，就会失望而去的。末附三十年代，我习作的两篇文艺论文，分别由两位青年朋友从旧杂志报章抄录而来。三十年代之初，我读了不少社会科学的书籍，因之热爱上接近这一科学的文艺批评。并且直到现在，还不改旧习，时常写些这方面的，不登大雅之堂的文章，为权威者笑。读者看过这两篇短文，也就可以知道，尺泽源流之短浅，由来已久，不足为怪矣！

1982 年 7 月 4 日下午大热，闻雷声

《耕堂犁歌》由张璇、张帆编选。全书约20万字。因丛书体例所限，本册收录了其中的15万字左右。特此说明。